जलसाघर

श्रीनरेश मेहता

जन्म : 15 फरवरी 1922 को शाजापुर (मालवा) में हुआ।

शिक्षा : आरंभिक शिक्षा कई स्थानों पर हुई और बाद में माधव कालेज उज्जैन से इंटरमीडिएट किया। आपने काशी विश्वविद्यालय से हिन्दी में एम.ए. किया। यहाँ आप परअपने गुरु श्री केशवप्रसाद मिश्र का गहरा प्रभाव पड़ा। श्री मिश्रजी वेद एवं उपनिषदों के ज्ञाता एवं प्रकाण्ड पण्डित थे।

गतिविधियाँ : उज्जैन में ही आप स्वाधीनता-आंदोलन (1942) में छात्र नेता के रूप में सक्रिय हुए। सन् 1948 से 53 तक आप आकाशवाणी के विभिन्न केन्द्रों पर कार्यक्रम अधिकारी रहे। 1955 तक आप वामपंथी राजनीति से भी सम्बद्ध रहे। विद्यार्थी काल में वाराणसी से प्रकाशित दैनिक ''आज'' और संसार'' में कार्यरत रहे। सन् 1953 में सरकारी सेवा से मुक्त होकर कुछ समय के लिये गाँधी प्रतिष्ठान से जुड़े और तत्पश्चात् राष्ट्रीय मजदूर कांग्रेस के प्रमुख साप्ताहिक ''भारतीय श्रमिक'' के प्रधान सम्पादक रहे। साथ ही ''कृति'' जैसी प्रतिष्ठित पत्रिका का सम्पादन किया।

पुरस्कार : श्रीनरेश मेहता म.प्र. शासन, उ.प्र. शासन, साहित्य अकादमी द्वारा सम्मानित किये जा चुके हैं। इनमें उल्लेखनीय हैं : म.प्र. शासन सम्मान, सारस्वत सम्मान, म.प्र. शासन शिखर सम्मान, उ.प्र. शासन संस्थान सम्मान। 1985 में हिन्दी साहित्य सम्मेलन का मंगला प्रसाद पारितोषिक, केन्द्रीय साहित्य अकादमी पुरस्कार, उ.प्र. शासन का सर्वोच्च ''भारत भारती'' सम्मान, म.प्र. नाटक लोक कला अकादमी द्वारा अलंकृत, म.प्र. हिन्दी साहित्य सम्मेलन ''भवभूति अलंकरण'', और सन् 1992 में भारतीय ज्ञानपीठ का सर्वोच्च साहित्य पुरस्कार।

साहित्य सेवा : सन् 1959 से 85 तक आपने इलाहाबाद में रहकर स्वतंत्र लेखन किया। 1985 से फरवरी 1992 तक प्रेमचंद सृजन पीठ के निदेशक रहे। प्रमुख दैनिक ''चौथा संसार'' के प्रधान सम्पादक भी रहे। आपकी अभी तक काव्य, खण्डकाव्य, उपन्यास, एकांकी, कहानी, निबन्ध, यात्रा वृत्तांत आदि 40 रचनाएं प्रकाशित हो चुकी हैं।

निधन : 22 नवम्बर, 2000

आवरण : लोकभारती स्टूडियो

श्रीनरेश मेहता

जलसाघर

लोकभारती पेपरबैक्स

पहला पेपरबैक्स संस्करण : 2014

लोकभारती पेपरबैक्स : उत्कृष्ट साहित्य के लोकप्रिय संस्करण

लोकभारती प्रकाशन
पहली मंजिल, दरबारी बिल्डिंग, महात्मा गाँधी मार्ग
इलाहाबाद-211 001

वेबसाइट : www.lokbharatiprakashan.com
इमेल : info@lokbharatiprakashan.com

शाखाएँ : 1-बी, नेताजी सुभाष मार्ग, दरियागंज नई दिल्ली-110 002
अशोक राजपथ, साइंस कॉलेज के सामने पटना-800 006 (बिहार)

आवरण चित्र : लोकभारती स्टूडियो

इण्डियन प्रेस प्रा.लिमिटेड
इलाहाबाद-211002
द्वारा मुद्रित

मूल्य : ₹ 120.00

JALSAGHAR
by Shrinaresh Mehta

ISBN : 978-81-8031-826-9

अनुक्रम

•

स्वत्व की खोज

तुम्हारे प्रश्न से यह ध्वनि निकलती है कि मैं कहानीकार भी हूँ, जबकि मैं तथा अधिकांश समकालीन कहानीकार तुमसे सहमत न हो सकेंगे। सच तो यह है कि मैंने साहित्य की किसी भी विधा में जब भी लिखा तब यह सोचकर नहीं लिखा कि मैं उक्त विधा की शर्तों को पूरा करने के लिए लिख रहा हूँ। क्योंकि रचना के प्रति प्रतिश्रुति तो उचित है पर विधा के स्वरूप के प्रति नहीं। मेरी आन्तरिक एवं बाह्य, सारी तैयारी एक कवि की रही है, इसलिए स्वत्व की तलाश ही मेरी रचनात्मकता है। मानवीय चेतना, ऋतम्भरा प्रज्ञा आदि प्रकारान्तर से स्वत्व के ही नाम हैं। जिस प्रकार मनुष्य से अधिक उसका मनुष्यत्व ही मुझे प्रिय है, उसी प्रकार नदी से अधिक उसका नदीत्व। सृष्टि स्वत्वमयी है—यह प्रतीति ही काव्य-दृष्टि है।

आरम्भ में मैंने कभी सोचा भी नहीं था कि मैं कभी गद्य भी लिखना चाहूँगा और आज ऐसा लगता भी है कि मैंने गद्य को भी पद्य के रूप में ही लिखा है। 'गद्यात्मकता' का कैसा ही प्रकार मैं सहन नहीं कर पाता इसीलिए मेरी भाषा में आद्यन्त एक पद्य-गन्ध है। मेरी भाषा की यह पद्य-गन्ध ही समकालीनों के बीच कानाफूसी का विषय है। वे इसे भाषा के प्रति मेरी अज्ञानता, निरंकुशता आदि मानते हैं। किसी सीमा तक इन आक्षेपों में सचाई सम्भव है। लोग, चाहे वे रचनाकार हों या पाठक, रचना नहीं पढ़ते,

विधाएँ पढ़ते हैं, इसीलिए उनके निकट गद्य और पद्य में भेद है। यदि मैं कहूँ कि कहानी या उपन्यास मेरे निकट घटनात्मक काव्य है और कविता काव्यात्मक घटना है तो पता नहीं इस कथन का क्या अर्थ लिया जायेगा।

सच तो यह है कि दूसरों की दृष्टि में ही नहीं, स्वयं अपनी दृष्टि में भी मैं अपने को ऐसा कहानीकार नहीं मानता कि लोग मुझे भी एक कहानीकार के रूप में मान्यता दें। इसका तात्पर्य यह नहीं है कि कहानी या कहानीकार के स्थान एवं महत्त्व को मैं कविता से कम आँकता हूँ। विधाओं में छोटे-बड़े, श्रेष्ठ-निम्न का पंक्ति-भेद करनेवाला वास्तविक रचनाकार नहीं हो सकता। वस्तुत: मैंने कहानीकार बनने के लिए कहानियाँ कभी लिखी ही नहीं, इसीलिए कहानी के प्रचलित स्वरूप और फैशन उनमें नहीं हैं। सच तो यह है कि मैं अपनी लेखकीय अपात्रता से सर्वथा अवगत हूँ। अपनी सीमाओं एवं सम्भावनाओं को जानने के कारण दूसरों से उतना ही ग्रहण किया जितना मेरी पात्रता ग्रहण कर सकती थी। न तो परम्परा, न समकालीनता, किसी का भी अनुगमन श्रेयस् नहीं होता बल्कि उनमें से चयन किया जाता है। क्या करूँ, मेरे स्वत्व को न परम्परा का, न समकालीनता का, किसी का भी अनुगामी होना स्वीकार्य नहीं हुआ। राजमार्ग की भीड़ में चलने की अपेक्षा किसी एकान्त उपपथ (पगडण्डी) की कण्टकाकीर्णता स्वीकारना सदा मुझे अपने स्वत्व की प्रकृति के अनुकूल लगा, परन्तु किसी अहं भाव से नहीं।

लेखक अपने को सम्पूर्ण बनाने के लिए ही रचता है। जो रचना सम्पूर्ण नहीं बनाती वह रचना नहीं, तब भला ऐसे रचनात्मक स्वत्व को किन्ही साँचों, स्वरूपों और फैशनों में बाँधा जा सकता है? साहित्य के प्रति यह शिशु-दृष्टि ही होगी। तब यह प्रश्न किया जायेगा कि अपने को सम्पूर्ण बनाने के लिए जो कहानियाँ मैंने लिखीं वे कहाँ तक मुझे और दूसरों को सम्पूर्ण बनाती हैं? अच्छा मान लो, कोई भी कहानी मुझे सम्पूर्ण नहीं बनाती और मैं इसे स्वीकार भी लूँ तो इसका क्या प्रमाण कि कोई ऐसा दूसरा कहीं नहीं है जिसे ये सम्पूर्ण नहीं बनाती हैं? और हम क्यों अपने लेखन के सारे हानि-लाभ को अपनी ही आँखों देख जाने के लिए इतने आतुर हैं? कल जब हम नहीं होंगे तब इन रचनाओं की वकालत कौन करेगा? अपनी रचनाओं को हम इतना अधिक प्रतिष्ठित न कर जायें कि उनके भीतर की जीवन्तता ही नष्ट

हो जाये। इतना आत्मविश्वास तो लेखक में होना ही चाहिए कि रचना उपेक्षित कर दी जा सकती है परन्तु काल उसे विस्मृत नहीं कर सकता, पर शर्त यही है कि वह रचना होनी चाहिए।

कभी तुमने अनुभव किया है कि अपने समकालीनों से हटकर लिखने में क्या और कैसे संकट हैं? प्रत्येक युग का जिस प्रकार भाषा का एक मुहावरा होता है उसी प्रकार कुछ प्रचलित मान्यताएँ, स्वरूप और अभिव्यक्तियाँ भी होती हैं। इन सबके प्रति समकालीनों में एक अलिखित मौन समझौता हुआ रहता है। इन्हीं साँचों तथा प्रतिश्रुतियों के अन्तर्गत उस युग के अधिकांश लेखक लिखते हैं और छोटी-बड़ी मान्यताएँ भी प्राप्त कर लेते हैं। लेखन के आरम्भिक दिनों में मैं भी ऐसे ही साँचों, प्रतिश्रुतियों तथा फैशनों के अन्तर्गत लिखता था लेकिन कालान्तर में मेरी रचनाएँ और रचनात्मक स्वत्व जैसे-ज़ैसे इन साँचों से दूर होते गये वैसे-वैसे समकालीनता और मेरे बीच दूरी भी बढ़ती गयी। गद्य और पद्य दोनों क्षेत्रों में तुम्हें नहीं लगता कि मैं घोषित अपांक्तेय हूँ? सर्वथा बहिष्कृत नहीं, इसी का मुझे सन्तोष है। मेरी यह अपांक्तेयता किसी अहं या दर्प भावना से नहीं है। अद्वितीय बनने के लिए मैंने इसे सायास निर्मित भी नहीं किया है बल्कि मेरे लेखन की विदुरता प्रकृत्या ही मानी जानी चाहिए। अद्वितीयता की कठिनाई यह है कि जहाँ वह अपने को बड़ा बनाती है वहाँ दूसरे को उसके छोटेपन का बोध भी अवश्य करवाती है जबकि विदुरता, बड़प्पन का यह गौरव-पद दूसरे को सौंपकर स्वयं को निम्नपदी होना स्वीकार लेती है। अद्वितीयता के लिए संघर्ष हुआ करता है, न कि विदुरता के लिए।

कहानियाँ मैंने कम ही लिखी हैं क्योंकि मुझसे सच ही कहानियाँ बनती नहीं हैं। तुम तो जानते ही हो कि कुछ कहानियाँ आदि तुम्हीं ने डरा-धमकाकर मुझसे लिखवायी हैं और बाकी की भी कुछ ऐसी ही अड़दप में लिखी हैं। अपने मन से लिखी जानेवाली कहानियाँ ही नहीं, कविताएँ तक मैं आज भी नहीं लिख पाता हूँ और शायद लिखना भी नहीं हो पायेगा। कुछ अपने लिये भी तो रखना चाहिए न? सच तो यह है कि छोटा कैनवास मुझे रास नहीं आता। विपुल, उदात्त आदि कुछ ऐसे महारोग हैं जो मेरे व्यक्तित्व में निबद्ध हो गये हैं। हाँ, तो कहानी से सम्बन्धित मैं चाहे और चीजें न भी मानूँ तब भी यह मानने के लिए तो बाध्य ही हूँ कि वह उपन्यास से छोटी

होंगी ही। और बस, यही सोचकर मुझे लगता है कि मैं कहानियाँ नहीं लिख सकता। होता यह है कि जब मैं किसी रचना के लिए अपने मनोलोक पर दस्तक देता हूँ और उस तिलिस्म का भारी-भरकम दरवाजा प्राचीनता की आवाज करता हुआ खुलता है तो उसके भीतर न जाने कितने वैदिक, पौराणिक, ऐतिहासिक; मध्यकालीन, काल्पनिक, वैयक्तिक, अजीबोगरीब विभिन्न अनुभवों, रागात्मकताओं के अमूल्य रत्नदीप, रँगारंग कालीन, जड़ाऊ अलंकार, रजत सिक्कों के ढेर, भारी कवच, शिरस्त्राण, रत्नजटित तलवारें, खण्डित मूर्तियाँ, किसी झील के किनारे बितायी गयी एक अधूरी शाम, फीके पड़ गये अक्षरोंवाले असफल प्रेम-पत्र तथा दुनिया-जहान का वस्तुगत, घटनागत तथा संवेदनात्मक ऐश्वर्य मेरे चारों ओर बिखर उठता है। मैं एक खण्डित मूर्ति को शिरस्त्राण पहनाकर विस्मृत झील के पास सप्रयोजन खड़ा करता हूँ ताकि मैं अपने भीतर की संचित उस भाव-सम्पदा को दोनों हाथों से खुले-खेतों लुटा सकूँ जो मुझे सदा को अधूरा कर गयी है। अभी यह संवेदना आलाप पर ही होती है कि लोग 'बस!' 'बस!' करने लगते हैं। लगता है, वे संगीत नहीं, तीन मिनट का रेकार्ड सुनने के ही अभ्यासी हो चुके हैं और जब अधूरे में ही मुझे अपने इस तिलिस्म को बन्द कर देने के लिए बाध्य होना पड़ता है तब अधूरापन, नितान्तता कितने बढ़ जाते हैं, यह कोई स्वधर्मी ही समझ सकता है। इसीलिए मैंने कहा था कि छोटे कैनवास पर काम करना मुझे नहीं आता, और लोग हैं कि रातभर बैठकर आलाप, विलम्बित, द्रुत आदि कुछ नहीं सुन सकते।

तुमने घटनाओं और संवेदनाओं के बारे में जो पूछा है उसके पूर्व कहना चाहूँगा कि वस्तुतः कोई भी अनुभव बड़ा नहीं होता, बड़ा तो व्यक्तित्व होता है जो नगण्य-से अनुभव को भी ऐसी स्फटिकता अपने में दे देता है कि वह जाज्वल्य शुक्रमणि लगने लगता है। मैंने यह प्रायः कहा है कि लेखकीय संवेदनशीलता में और पीपल-पत्र की सम्पन्नता में मुझे अद्‌भुत रूप से न केवल वानस्पतिक ही बल्कि वासुदैविक समानता भी लगती रही है। जब शेष वातावरण में कहीं कोई संवेदनशीलता नहीं होती तब अकेला पीपल एटलस की भाँति आकाश उठाये अपने संस्पर्शी पत्रों पर घोषणा करने लगता है कि 'हवा है!' और अरण्य को इसका विश्वास नहीं होता। लेखक का यह अकेलापन तपस्वी की मनस्विता है, न कि स्वार्थी व्यक्ति का अजनबीपन।

मायकोवस्की की यह पंक्ति कितनी सार्थक है कि--हेयर एवर ए टीयर इज शेड आइ फील आइ एम क्रूसीफाइड! लेखक केवल घटनाओं का क्रास ही नहीं उठाये होता बल्कि संवेदनाओं की आसन्न त्रासदी को भोगता है। लेखकीय संस्पर्शिता, संवेदनशीलता प्रकम्पन होती है, न कि भूकम्प। प्रकम्पन संवेदन है और भूकम्प घटना। इसीलिए रचना का प्रयोजन निर्माण है, नाश नहीं। जीवन को केवल घटनाओं का क्रास मानना, जीवन को स्थूल देखना है। मानष-मन घटनाओं में से पृथक् भी आसन्न होता है। ऐसी आसन्नता घटनाओं से अधिक त्रासदपूर्ण होती है। यही संवेदना है जो रचनाकार के पादप-व्यक्तित्व को जड़ तक हिला जाती है। मैंने प्राय: मनुष्य को अधिक-से-अधिक घटनाहीन स्थितियों में ही रख-देखकर लिखने की चेष्टा की है। केवल घटनाओं के माध्यम से मानवीय त्रासदी को देखने-समझनेवाला रचनाकार जीवन की स्थूलता को महत्त्व देता है। जबकि मानव-मन अधिक सूक्ष्म संवेदनात्मक होता है। मैं घटनाओं के माध्यम से व्यक्ति को देख ही नहीं पाता। सृष्टि नादमयी है, रागमयी नहीं। नाद संगीत की प्राकृतिक तथा उदात्त अवस्था है, राग नाद को अपने अनुसार व्यवस्था देता है। राग नाद की सीमा है जबकि नाद राग की असीम अवस्था हैं। घटनाओं और संवेदनाओं का भी यही आपसी सम्बन्ध है। जब भी, जहाँ भी मनुष्य घटनाहीन स्थिति में होता है, मेरे रचनाकार के अनुकूल होता है। ज्वार के बीत जाने पर बालू पर जो शंख-सीपी छूट जाते हैं वही हमारी रत्नाकरी उपलब्धि होती है क्योंकि समुद्र के रत्नाकरत्व से साक्षात् का एकमात्र यही ढंग है। ऐसी घटनाओं से त्रस्त मनुष्य जब संवेगों और संवेदनाओं से युक्त होता है, उस समय वह कलात्मक या दैवीय करुणा का योग्य पात्र होता है। इसीलिए मैंने आरम्भ में ही कहा था कि कहानियाँ मैं बहुत कम लिखता हूँ और मेरी कहानियाँ मुझे अपने समकालीनों की दृष्टि में कहानीकार नहीं ही सिद्ध कर सकती हैं। फूल जिस प्रकार पादप की परिपक्व वानस्पतिकता होती है उसी प्रकार मेरे निकट मेरी रचना है। सायास मैं एक पंक्ति, सादी-सी पंक्ति भी नहीं लिख सकता। वृक्ष अपने मौसम की प्रतीक्षा में पुष्पहीन, पत्रहीन स्थिति में महीनों खड़ा रहता है। तुमने भी देखा होगा कि मैं वर्षों तक कुछ भी नहीं लिख पाता क्योंकि लिखना, मेरा चाहना नहीं है। अत: जब तक लेखकीय संवेदना में ऐसी महत्, अनपेक्षित उदात्त

करुणा नहीं होगी तब तक युद्ध-जैसी घनघोर घटनात्मक विभीषिका भी उसे रचनात्मक स्तर पर आलोड़ित नहीं करेगी।

एक प्रकार के अनुभव को ही यथार्थ अनुभव मानना और शेष को काल्पनिक या आदर्श या और कुछ कहकर तिरस्कृत कर देना उचित नहीं होगा। विराटता के अनेक प्रकार हुआ करते हैं। पर्वत की विराटता शिखरोन्मुखी होने में है, तो समुद्र की गहनता में। अरण्य को सामूहिक ही होना चाहिए परन्तु फूल नितान्त एकाकी रूप में ही शोभा देता है। विभिन्न स्वत्वों की विभिन्न सार्थकताएँ होंगी। सबके अनुभव एक ही प्रकार की कवायद करें-का जीवन-दर्शन असंगत तो है ही, अमानवीय भी है। एक ही प्रतिमान सर्वत्र कारगर नहीं सिद्ध होगा। प्रेमचन्द की धूल-धूसरित सपाटता भी सही अनुभव हो सकती है और शरत्‌चन्द्र का घनखेतीय लालित्य भी सही अनुभव है। हम यह तो कह सकते हैं कि हमें एक विशेष प्रकार का ही अनुभव रुचिकर है परन्तु शेष को मिथ्या कहने का अधिकार नहीं है। ऐसा करने पर हमारी हानि होगी। हम एक सर्वथा नवीन भावभूमि के आस्वाद से वंचित रह जायेंगे। सार्थक रचना न व्यक्ति, न समाज, किसी का दर्पण नहीं होती बल्कि 'प्रिज्म' होती है। वह हमारे अनुभव संसार को कलात्मक अनुभव का सम्पन्न प्रति-संसार देती है। दर्पण की प्रतिश्रुतिवाली रचना द्वितीय कोटि का साहित्य होती है। सार्थक रचना, हमारे जाने हुए संसार को, अनुभवों को प्रति रचती है। यह ठीक है कि रचना पाठक के लिए होने पर पाठक को भी उस रचना के लिए होना पड़ता है। दर्पण से यह अपेक्षा उचित है कि वह यथावत् रूप में प्रतिच्छवित हो किन्तु 'प्रिज्म' से नहीं। यह नहीं भूलना चाहिए कि पाठक रचना की यात्रा करता है, न कि रचना पाठक की। सार्थक रचना पढ़ने के उपरान्त पाठक में परिवर्तन सम्भव है, न कि रचना में। अत: रचना का स्थान किन्हीं अर्थों में पाठक से श्रेष्ठ है।

तुम जानना चाहते हो कि मैं किस प्रकार का लिखना पसन्द करता हूँ। यह जिज्ञासा तो मेरी किताबों से शान्त हो जानी चाहिए थी। फिर भी, करुणा मेरे साहित्य का सम्भवत: वादी स्वर है। शायद इसीलिए मेरे सारे कथापात्र, समस्त संघर्ष और जूझने के बाद भी क्रान्तिकारी नहीं होते। वे विद्रोह के स्थान पर समर्पण करने लगते हैं। वे वाचाल होने के स्थान पर मौन हो जाते

हैं। दूसरों में अपने को खो देने की अपेक्षा अपने में ही गहरे चले जाते हैं। आज जबकि हर चीज जैसे कि मानवीय सम्बन्ध, सामाजिक स्थितियाँ, जीवन-पद्धति सब इतने अधिक 'लाउड' हो गये हैं कि उस टोन से जरा भी नीचे रह जाने का अर्थ अपनी सत्ता का विलयन है, वहाँ ऐसे आत्ममुखी, स्वत्वशील, मौन पात्र क्या अर्थ रखते हैं? लेकिन क्रान्तिकारी और क्रान्तदर्शी में अन्तर करना होगा। दोनों पर्याय नहीं बल्कि भिन्न धर्मी हैं। क्रान्तिकारी पात्र के लिए यह आवश्यक है कि उसके चारों ओर कुछ भी आवाज करनेवाली घटनाएँ घटती रहें जबकि क्रान्तदर्शी एक नितान्त सौम्य बल्कि किसी रूप में निरीह लगनेवाला पात्र जैसा होता है। प्रायः देखा जाता है कि क्रान्तिकारी पात्र एक विस्फोट, स्फुलिंग, लपट की भाँति वेग से चमककर विलीन हो जाते हैं। अपने होने के क्षण में वे शक्ति का अहसास कराने लगते हैं जबकि इसके विपरीत ऊपर से शान्त, निर्वेद तथा समर्पण (जिसे कायरता या समझौता भी कहा जाता है) की मुद्रावाला क्रान्तदर्शी अपनी विशिष्ट हीनतावाली दुःसाध्य साधारणता को लेकर बहुत धीरे-धीरे जन-मानस में गहरा उतरता जाता है। कई बार तो वह है, यह प्रतीत भी वह नहीं होने देता। इसका आधारभूत कारण है कि क्रान्तिकारी सत्ताप्रिय होता है जबकि क्रान्तदर्शी मूल्यप्रिय। गाँधी क्रान्तिकारी नहीं, क्रान्तदर्शी थे। स्वाधीनता के बाद गाँधी असंग हो जाते हैं। वह सामाजिक इतिहास को अपने ढंग से होने देने के लिए अपनी पकड़ से मुक्त कर उससे निरपेक्ष पृथक् हो जाते हैं लेकिन क्रान्तिकारी कभी ऐसा नहीं करता। वह इतिहास की गति के साथ-साथ परिधि से केन्द्र की ओर बढ़ता है क्योंकि वह जानता है कि सत्ता का स्रोत परिधि में नहीं, केन्द्र में स्थित है। इसीलिए क्रान्तिकारिता मोहग्रस्तता की स्थिति है, जबकि क्रान्तदर्शिता मोहभंग की नहीं, बल्कि सम्पूर्ण अनासक्ति की स्थिति है। किसी ऐतिहासिकता या सामाजिकता से किया गया साक्षात्कार अथवा प्रतिकार क्रान्तिकारिता है, जबकि मूल्यान्वेष के लिए चिरन्तन किया जानेवाला आत्ममन्थन क्रान्तदर्शिता है। एक परिधि से केन्द्र की ओर जाता है जबकि दूसरा केन्द्र से परिधि की ओर बढ़ता है। एक का आराध्य सत्ता और शक्ति है तो दूसरे का संयम और मूल्य।

इसका तात्पर्य यह नहीं कि मेरे पात्र क्रान्तदर्शी हैं, क्योंकि क्रान्तदर्शिता व्यक्ति से सम्पूर्ण संकल्प की माँग करती है और यह बहुत बड़ी माँग है।

अत: मेरे पात्र क्रान्तदर्शिता की चेष्टा करते हैं। चूँकि वे चेष्टा ही करते हैं अत: अविश्वसनीय नहीं लगते। हाड़–मांस का साधारणजन केवल चेष्टा ही कर सकता है। वह एकान्त भाव से ऐसी क्रान्तदर्शिता के लिए टूट जा सकता है। साधारणजनों की यह सामान्य क्रान्तदर्शिता की चेष्टा भी मुझे उदात्त कलात्मक लगती है जिसे मैं उपयुक्त संज्ञा के अभाव में वैष्णवता ही कहता रहा हूँ। मेरे पात्र संघर्ष कम करते हैं बल्कि असफल अधिक होते हैं। जब सफलता दानवीय पक्ष में चली गयी हो, तब उदात्त असफलता ही मूल्यवान् या दैवीय हो जाती है। इसीलिए सफलता के स्थान पर पात्रों की ऐसी उदात्त असफल वैष्णवता प्राय: सभी युग की सार्थक रचनाओं में रेखांकित की गयी है। इतिहास में साधारणजन ऐतिहासिक जय–पराजय से पृथक् ही रहा है। वह तो सदा से मानवीय संकट और संत्रास का अलिखित प्रतीक रहा है। वैसे भी जय–पराजय का नाम जीवन नहीं होता। अन्तिम जय जैसी चीज भी प्रकार नहीं होती, वैसे ही अन्तिम पराजय भी नहीं होती। साधारणजन की इस उदात्त–असंग जिजीविषा ने मुझे सदा आकृष्ट किया है। इक्कीस बार जीतकर पृथ्वी को पुन: दानवों को सौंप देनेवाली असंग मुद्रा मुझे केवल अनासक्त साधारणता में ही मिलती रही है। स्पष्ट है कि साधारणजन का ऐसा अनासक्त साधारणत्व, राजनीतिक भूमि की उपज नहीं हो सकता। क्रान्तिकारिता व्यक्ति को अगत्या राजनीति की ओर ही ले जाती है जबकि क्रान्तदर्शिता उसे उदात्त मानवीय मूल्यों की ओर।

लेखक होने का अर्थ लेखन को पेशा बना लेना नहीं होता। रचनाएँ पाठकों के द्वारा पढ़ी जायें, पाठकों का समुदाय उत्तरोत्तर बढ़े—आदि इच्छाएँ नैसर्गिक हैं पर ये सब किन शर्तों पर? कोई भी स्वत्ववान् लेखक ये सारी बातें अपनी शर्तों पर ही न चाहेगा? पाठक, लेखक तक पहुँचे—इस बात में पाठक की हेठी कहाँ होती है? या लेखक का इसमें अहं कहाँ है? राजनीति ने अपने स्वार्थ के कारण जिस प्रकार व्यक्ति और समाज को प्रतिस्पर्द्धा रूप में खड़ा किया उसी प्रकार पाठक और लेखक के बीच के सद्भाव में भी वह दरारें डालना चाहती है।

—श्रीनरेश मेहता

जलसाघर

कदाचित्

फ्लैट के दरवाजे का हैण्डिल घुमाते समय गौरांग को आज न जाने क्यों ऐसा लगा कि हैण्डिल की धातु को जितना ठण्डा होना चाहिए, उतनी वह नहीं है। निश्चय ही यह उसका भ्रम था। परन्तु ऐसा क्यों लगा कि उस हैण्डिल पर स्पर्श का एक बोध था, जिसकी क्षीण गर्मी की सम्भावित गुनगुनहाहट उस हैण्डिल पर थी, जिसे वह चाहता तो न केवल हथेली की पकड़ में अनुभव कर सकता था, वरन् पढ़ भी सकता था। सच तो यह है कि यह गौरांग की अतिशय मानसिकता ही थी, नहीं तो वह अपनी हथेली को देख ले कि उसकी ही नहीं, बल्कि प्रत्येक हथेली केवल लकीरों से भरी होती है। उसकी हथेली में किसी भी प्रकार के स्पर्श की कोई थरथराहट नहीं थी। लेकिन क्या। सच ही अनुभव के दायरे ऐसे ही सपाट हुआ करते हैं? जबकि सच तो यह है कि ताले में ताली लगाते समय ही अज्ञात में ऐसा लगा था कि आज ताला उस तरह बन्द नहीं, जिस प्रकार कि और दिनों हुआ रहता है। लेकिन और दिनों ताला क्या दूसरी तरह बन्द हुआ रहता है? किस तरह? पर इसका उत्तर तो गौरांग क्या, कोई भी नहीं दे सकता। परन्तु ऐसा लगना बहुत अप्राकृतिक भी नहीं कहा जा सकता। क्या भाषा सब-कुछ अभिव्यक्त कर सकती है? ऐसा अनुभव, जिसमें घटना या व्यक्ति के स्थान पर केवल एक प्रतीति या एक सुगन्ध हो, भाषा कैसे व्यक्त करेगी?

फ्लैट के अन्दर सब-कुछ शान्त, प्रशान्त वैसा ही था, जैसा कि किसी वस्तु-वैभव सम्पन्न फ्लैट को होना चाहिए। आजकल के फ्लैटों में व्यक्ति

अव्यवस्थित रह सकते हैं, परन्तु वस्तुएँ नहीं। हर चीज सुसज्जित तरीके से धुली-पुँछी चमक रही थी। परदों पर नृत्य करती नर्तकी यथावत् नृत्यरता थी। नटराज की मूर्ति के सामने जलायी जानेवाली अगरबत्ती की राख भी रोज की ही भाँति कमनीय तरीके पर इकट्ठी पड़ी थी। कहीं किसी भी प्रकार की कोई अतिरिक्तता नहीं थी। सेण्टर टेबल पर पिन-होल्डर में लगे लिली के फूल और उनकी प्रलम्ब डण्डियाँ सारस-मिथुन का आभास देते गौरांग की ओर देखते लग रहे थे। उजालदान से सन्ध्या-धूप जिस प्रकार प्रतिदिन परमहंस रामकृष्ण देव के चित्र पर आकर कुछ क्षण को आलोकित होती थी, आज भी वह वैसी ही थी। खिड़कियाँ बन्द थीं, इसलिए पूरे फ्लैट में खुलेपन की गन्ध न होकर एक ऐसी गन्ध थी, जिसे सामान्यतया घर की गन्ध कह दिया जाता है। वस्तुओं की गन्ध को घर की गन्ध कहा जाता है जबकि व्यक्तियों की गन्ध को परिवार की गन्ध। घर की इस गन्ध में प्रत्येक वस्तु की गन्ध तो होती ही है, साथ ही उस फ्लैट में रहनेवालों की देहों की भी गन्ध हुआ करती है, जो कि उनके बासी कपड़ों में पीछे छूटी रहती है। लेकिन इनसे भी विशेष एक और गन्ध होती है, जो प्राय: अत्यन्त क्षीण होती है, जो कि वहाँ रहनेवालों के आपसी रिश्तों-सम्बन्धों की होती है, परन्तु लोग सामान्यत: इसके अभ्यस्त नहीं होते, क्योंकि वह उनकी अपनी ही होती है।

गौरांग ने जैसे ही परदे और पल्ले खोले कि बाहर का दृश्य एक मीठी हँसी-सा खिड़कियों की फ्रेमों में आकर जड़ उठा। प्रत्येक बाहर के लोगों को घरों के भीतर पहुँचने की कितनी उतावली रहती है न? अग्रहायण का ठण्डा सन्ध्या आकाश कितना अभूतपूर्व होता है, लगता है कि आकाश को ऐसा ही होना चाहिए। समुद्र के शोर के साथ ही लम्बे केशोंवाली ठण्डी समुद्री हवा ललकती हुई कमरे में पहुँचकर बच्चों-सी वाचाल होने की चेष्टा करने लगी। परदों का हिलना हवा की स्वीकृति में था। खिड़कियों के ये दृश्य और हवाएँ प्रत्येक घर को बाहर के संसार से कैसे जोड़ते हैं! खिड़कियाँ खोल देने पर वस्तुओं में जो प्रकाश, चमक या आभा आ गयी थी, उसमें प्रकाश के प्रति आभार तो था ही, परन्तु उसमें कहीं गौरांग के प्रति कृतज्ञता भी थी कि उसने अपनी स्थिति से उन्हें दिनभर के एकान्त से

मुक्त किया। वस्तुओं के स्वागत करने का ढंग ऐसा ही होता है। वे भाषा से नहीं, स्वत्व से अभ्यर्थना करती हैं। एक ठहरे हुए जलाशय में जैसे देह के साथ मन को भी ढीला छोड़ देने को जी करता है, बस, ऐसी ही प्रतिक्रिया गौरांग को रोज होती है।

याद नहीं पड़ता कि गत पाँच वर्षों में कभी चित्रा ने उसका स्वागत किया होगा। घर की वस्तुओं के द्वारा स्वागत का शायद वह अभ्यस्त हो चुका है और हो सकता है कि किसी दिन फ्लैट में वह चित्रा के द्वारा स्वागत पाये, तो उसे यह लगे कि कहीं किसी दूसरे के फ्लैट में तो नहीं आ गया है? बहुत-कुछ ऐसी ही अनभिव्यक्त प्रतिक्रिया प्रत्येक दिन गौरांग की होती है। प्रत्येक दिन को हमने एक-एक तारीख देकर सिलसिलेवार संज्ञित एवं परिभाषित करके दीवार पर टाँग दिया है और वह वहाँ टँगा रहता है। क्या तारीखों का बीतना हमारे बीतने से भी कहीं जुड़ा हुआ है? वैसे बँधे-बँधाये ढंग से रोज ही घर में प्रथम जानेवाला भी वही गौरांग होता है और लौटनेवाला भी। चित्रा चूँकि टी० वी० में है, इसलिए वह दिनभर आराम करने के बाद शायद चार बजे चली जाती है और रात ग्यारह के पहले लौट न पाती। सोते-करते जब किसी को रात बारह बजेंगे, तो जाहिर है कि वह सवेरे जल्द कैसे जागेगा! सो, गौरांग ही सवेरे जल्द उठकर चाय-नाश्ता तैयार करता है। उसे अपने दस मील दूर के औद्योगिक प्रतिष्ठान में पहुँचने के लिए साढ़े आठ बजे की बस पकड़नी होती है। हाँ, कभी किसी दिन कुनमुनाती चित्रा को उसने बिस्तर में ही चाय दे दी, तो 'हलो' हो गया, अन्यथा चित्रा सामान्यत: गौरांग के जाने के बाद ही उठती है। फ्रिज से बासी तरकारी और ब्रेड को टिफिन में रखकर जब गौरांग जाने को होता है, तो सोती हुई चित्रा को देखकर ऐसा लगता है कि चित्रा को प्राय: वह सोते हुए ही देखता आया है। सोते हुए मुख या व्यक्तित्व के साथ सम्बन्धों की ऊष्मा क्या अनुभव की जा सकती है? जब कभी चित्रा जागी-जागी-सी होती और गौरांग के जाने की आहट होती, तो भी वह यथावत् पीठ किये केवल हाथ हिलाकर ही विदा दे पाती है। पता नहीं, वह शारीरिक

थकान होती, या सम्बन्ध का निरन्तर ठण्डे होते जाना कि वह केवल हाथ ही हिला पाती है। उठना नहीं हो पाता। दिन, मास और वर्ष जब स्मृति हो जाते हैं और उनमें सम्बन्धों की सुगन्ध न होकर मात्र एक जीवन-क्रम की प्रतीति हो, तो कैसा रीतापन या आस्वाद का तुरापन अनुभव होने लगता है न, जैसे कि बुखार के बाद का मुँह का स्वाद हो।

रोज की ही भाँति गौरांग ने चाय बनायी। गौरांग को अपने भीतर बराबर एक भाषाहीनता लगती है। जब भी वह इस भाषाहीनता को परिभाषित करने की चेष्टा करता है, तब-तब उसे लगता है कि वह और अधिक बिखर गया है। अपने चारों ओर वस्तुओं की काम-काज की जो विभिन्न आवाजें होती हैं, उनके माध्यम से ही वह अपने होने को भी अनुभव कर पाया है। वे आवाजें चाहे आफिस में कालबेल की हों, या बसों के शोर की हों या घर में चम्मचों-प्लेटों की हों, केवल आवाजों का घेरा उसे निरन्तर घेरे हुए है, इसलिए वह शायद है भी। बालकनी में छोटी-सी गोल मेज और कुर्सी डालकर वह चाय लेकर बैठ गया। जब कभी चाय पीते, कप प्लेट से हलका टकरा जाता, तो उसे लगता कि अरे, वह अकेले बैठे चाय पी रहा है! क्या ऐसा नहीं लगता कि वह संवादहीन एक अलिखित नाटक की एक अप्रयुक्त पंक्ति है, जिसे काटकर विंग में फेंक दिया गया है? लेकिन शायद वह यह सब नहीं सोचता है, क्योंकि वह किसी भी प्रकार की भाषा का प्रयोग किसी के भी सन्दर्भ में नहीं करता है। कभी ऐसा नहीं हुआ होगा कि अकेले चाय पीना या घर में बराबर अकेले रहते-रहते अपने को भी एक वस्तु समझने लगा, यह सब-कुछ खला हो परन्तु आज यह कैसी असुविधा या आकांक्षा उसे अपने में लग रही थी, जैसे कि चित्रा मौजूद है। न केवल उसकी उपस्थिति को वह अनुभव ही कर रहा है बल्कि गौरांग ने उसकी चूड़ियों की दबी-सी आवाज भी सुनी है। प्रत्येक स्त्री की चूड़ियों की आवाज भिन्न होती है, भले ही दो स्त्रियों ने एक-जैसी ही चूड़ियाँ क्यों न पहनी हों। प्रत्येक गुलाब की अपनी ही सुगन्ध होती है, इसी प्रकार प्रत्येक स्त्री की न केवल अपनी ही गन्ध बल्कि वर्ण और शब्द तक होते हैं। तो क्या यह सम्भव है कि आज चित्रा गयी ही न हो? परन्तु यह कैसे सम्भव है?

चाय वह पी चुका था। बालकनी से समुद्रपर्यन्त तक का सुदूर का दृश्य फोटो के लिए आदर्श विषय की भाँति फैला हुआ था। पाँचवीं मंजिल से नीचे देखने पर सड़क, सड़क न लगकर टाइपराइटर के राड-सी लग रही थी, जिस पर की-बोर्ड के अक्षरों-सी मोटरें आ-जा रही थीं। बालकनी के तत्काल बाद जो गहरा विस्तार है उसमें प्राय: तैर जाने को गौरांग का मन करता है। निरन्तर धरती से बँधे रहना कितना उबा देनेवाला होता है, रोज की तरह वाश-बेसिन में जब वह चाय के बर्तन धो रहा था तो उसे हठात् लगा, जैसे चित्रा की गरम-गरम साँस उसकी गर्दन के पीछे उसे छू रही है। कुछ क्षणों वह अपने इस भ्रम की टोह लेता रहा कि गर्दन के पीछे यह रेशमी स्पर्श चित्रा के केशों का नहीं है तो फिर किसका है? परन्तु बेसिन के शीशे में पिछली दीवार पर लगे मनी प्लाण्ट, की हरी वक्र रेखा दिखती हुई विलीन थी। डाइनिंग टेबल और किचन को अलग करनेवाले परदे के साथ फ्रिज की उत्पादित सौम्यता के अलावा कुछ भी उल्लेखनीय नहीं था। वस्तुओं की वास्तविकता थी, न कि किसी व्यक्ति की। डाइनिंग टेबल पर स्पून-स्टैण्ड, प्लेट-मेट्स और टूथ-पिक के पैकेट के अतिरिक्त टेबल का वार्निशी चिकनापन उसके सिरों पर जाकर समाप्त हो गया था। फ्लैट में फ्लैट की प्रत्येक वस्तुएँ तथा फ्लैट के एकमात्र व्यक्ति गौरांग तक में एक ऐसी निस्तब्धता थी, जैसी कि चित्रों में होती है। कहीं किसी प्रकार का कोई कम्पन नहीं था। फ्रिज पर रखा 'एयर इण्डिया' वाला महाराज यथावत् विनम्र बना हुआ खड़ा था। क्यों ऐसा होता है कि व्यक्ति तो हमारे सुख-दु:ख के सहभागी हो जाते हैं, परन्तु वस्तुएँ नहीं, परन्तु चाहते हैं हम वस्तुओं से ही घिरते जाना? फ्रिज हमें कोल्ड बीयर से लेकर आइसक्रीम तक उपलब्ध कर देता है। स्टीरियो हमें रागों, धुनों और आवाजों से घेर देता है। टी० वी० हमें घटनाओं के बीच में खड़ा कर देता है। तात्पर्य यह कि वस्तुएँ क्रमश: व्यक्ति को स्थानापन्न करती जाती हैं। प्रत्येक शाम टी० वी० पर जब चित्रा को वह आचरण करते देखता है तो लगता नहीं कि वह घर में नहीं है। हाँ, यह एक अतिरिक्त सुविधा अवश्य है कि जब जी चाहा टी० वी० वाली चित्रा को 'आफ' किया जा सकता है, परन्तु वास्तविक की चित्रा के साथ ऐसा सम्भव है?

कैसे परिचित पथ अनजानी राहों में परिणत हो जाते हैं और तब लगता है कि रास्ता लम्बा ही होता गया है और होता जा रहा है। रोज ही वह सवेरे अखबार ठीक से नहीं पढ़ पाता। केवल चलते-चलते देख भर जाता है। शाम की चाय पीते हुए या चाय के बाद पाइप पीते हुए अखबार खोलकर सबसे पहले वह यह देख लेता है कि आज टी० वी० पर कौन-कौन-से कार्यक्रम हैं और चित्रा किस-किस में रहेगी। टी० वी० की प्रतीक्षा के लिए ही शायद वह बेमन से खबरें पढ़ता है। हाँ, इसी तरह अखबार पढ़ते हुए ही तो उसने एक दिन चित्रा को जाना था कि वह एक नर्तक कलाकार है और जिसके कार्यक्रम राजभवन में भी सम्पन्न हुए हैं। गौरांग जिस औद्योगिक प्रतिष्ठान में था, वहाँ किसी शिलान्यास के सिलसिले में किसी माननीय अतिथि के सम्मान में एक सांस्कृतिक कार्यक्रम के हेतु उसे ही चित्रा से मिलना पड़ा था और इस प्रकार के संयोग-प्रधान परिचर्चा की परिणति जिस प्रकार की प्राय: होती है, वही गौरांग और चित्रा के साथ भी घटित हुई और आज से पाँच वर्ष पूर्व श्री और श्रीमती बनकर वे इस फ्लैट में आकर रहने लगे। विगत पाँच वर्षों के बारे में जब कभी गौरांग सोचता है, तो लगता है, जैसे वह उत्तरोत्तर ठण्डी होती हुई बर्फ की सिल पर खड़ा है। जैसे गौरांग और चित्रा दो रेखाएँ थीं, जो विवाह के बिन्दु पर मिलकर, फिर छिटककर अपनी-अपनी दिशा में आगे बढ़ गयी हैं। गुणा के चिह्नवाला विवाह का यह क्रास क्या होगा इसका!

अखबार पढ़ते हुए पाइप बुझ चुका था और शाम के छह भी बज रहे थे। टी० वी० आन किया। चित्रा अत्यन्त सुषमित ढंग से समाचार पढ़ रही थी। चित्रा आज कुछ अतिरिक्त लग रही थी। लेकिन अतिरिक्त से गौरांग का क्या तात्पर्य था, यह वह स्वयं नहीं स्पष्ट था, पर कुछ था अवश्य, जिसे वह अपने लिये ही परिभाषित करना चाह रहा था। जरी के चौड़े पाट की यह साड़ी, जिसे चित्रा पहने हुए थी, उसे विशेष प्रिय थी। इसमें साड़ी का मूल्यवान् होना शायद उतना कारण न हो जितना कि इसका तम्बाकू रंग। यह रंग वह अपने लिये बड़ा ही शुभसूचक मानती है। गौरांग को ठीक से याद

है कि चित्रा ने विवाह के समय भी यही रंग धारा था। तब.... आज चित्रा ने इसे क्यों पहना है...? लेकिन चित्रा इस रंग को क्या और कभी नहीं पहनती है? गौरांग इतनी-सी बात पर क्यों चौंक रहा है और...तभी समाचार दर्शन समाप्त कर चित्रा ने रोज की ही भाँति सभी को 'नमस्कार' किया, पर गौरांग को लगा कि जैसे टी० वी० से बाहर निकलकर चित्रा उसे नमस्कार करती खड़ी है।

तभी फिल्म डाइरेक्टर धूमकेतु का इण्टरव्यू लेती चित्रा दिखलायी दी। गौरांग ने अखबार में पढ़ा था कि एक फिल्म डाइरेक्टर 'न्यू टैलेण्ट्स' और 'न्यू फेसेज' के लिए आये हुए हैं। गौरांग को उस इण्टरव्यू में ऐसा नहीं लग रहा था कि चित्रा किसी सामान्य फिल्म डाइरेक्टर का औपचारिक साक्षात्कार ले रही है, बल्कि दोनों के मुखों और आवाजों के अन्दाज में भी एक ऐसी प्रच्छन्न ऊष्मा थी, जिसे सम्बन्ध न भी कहें, तो भी शायद निकटता कहा जा सकता था। क्या सच ही...?

"डाइरेक्टर साहब, क्या यह बताने की कृपा करेंगे कि आप जिन नये व्यक्तियों की तलाश में आये थे, वे मिले या नहीं?"

चित्रा के इस प्रश्न पर धूमकेतु ने जिस पारखी एवं तौलनेवाली दृष्टि से चित्रा को देखा, यह किसी अपरिचित इण्टरव्यू देनेवाली के लिए सम्भव नहीं थी।

"चित्राजी, मैं यहाँ नये व्यक्ति की नहीं, बल्कि कहना चाहिए, नये व्यक्तित्व की खोज में आया था।"

"क्या आप स्पष्ट करेंगे कि नये व्यक्तित्व से आपका क्या मतलब है?"

"जरूर। आपने देखा होगा कि फिल्मों में एक समय में एक खास तरह के चेहरे ही चला करते हैं। एक समय के बाद वे चेहरे लोकप्रिय होने के बावजूद 'मानोटोनस' लगने लगते हैं, तब फिल्मों में ताजगी लाने के लिए हम फिर लोगों के बीच तलाशने लगते हैं उस नये चेहरे, नये व्यक्तित्व को, जो अपने समय का प्रतिनिधित्व कर सके।"

"डाइरेक्टर साहब..."

"चित्राजी, अच्छा हो कि आप मुझे मेरे नाम से ही सम्बोधन करें, न कि मेरे पेशे से।"

और दोनों खिलखिला पड़े।

"तो धूमकेतुजी, मैं यह पूछ रही थी कि यह काम तो वास्तव में बहुत ही गम्भीर और साथ ही बहुत मुश्किल होना चाहिए।"

"सोचता तो मैं भी हूँ।"

"तो क्या आप अपनी खोज में सफल रहे?"

"फिलहाल तो मेरा यही खयाल है।"

यह कहते हुए धूमकेतु ने जिस प्रकार चित्रा को पारदर्शी नजरों से देखा, उससे यही कहा जा सकता था कि स्त्रीरूपी हीरा ऐसी धार से ही कटा करता है।

चित्रा ने कन्धे पर खिसक आये पल्लू को ठीक करते हुए पूछा :

"किसी में व्यक्तित्व की खोज करते समय आपका मानदण्ड क्या होता है?"

"आपका प्रश्न ठीक से समझ नहीं पाया?"

"क्या सच ही?"

वह हँसते हुए बोली थी और लगभग हँसते हुए ही परन्तु सन्तुलित ढंग से धूमकेतु ने उत्तर भी दिया।

"आप क्या समझती है?"

"मेरे प्रश्न का मतलब था कि नये व्यक्ति में आप क्या देखते हैं और उसका आधार क्या होता है? मेरा खयाल है, मैं अपनी बात कह पायी हूँ।"

"जी हाँ, चित्राजी! प्रत्येक व्यक्ति में सबसे पहले दिखायी देनेवाली चीज होती है उसका शारीरिक व्यक्तित्व। वैसे तो हम सबके पास शरीर होता है, पर शारीरिक व्यक्तित्व कितनों के पास होता है? और होने पर भी वे उसे वहन किस प्रकार करते हैं? पुरुष का सुदर्शन होना और स्त्री का अप्रतिम होना हमारे लिये इसलिए आवश्यक होता है कि हम उन्हें सिकन्दर और क्लियोपेट्रा की भूमिका से लेकर रोज के लोगों का प्रतिनिधित्व करने के लिए कैमरे के सामने प्रस्तुत करते हैं।"

"धूमकेतुजी, आपने तो चकित कर दिया! सचमुच ही शारीरिक व्यक्तित्व का रेंज बहुत बड़ा है। अच्छा, कुछ यह भी बताने की कृपा करें कि इसके अलावा और आप क्या देखते हैं?"

"हम यह देखते हैं कि वह कैसे बोलता है, कैसे देखता है, कैसे चलता है। लोग जीवनभर बोलते हैं, देखते हैं, चलते हैं, पर क्या सच ही ऐसा है?"

"क्या आप कहना चाहते हैं कि सामान्य व्यक्ति यह सब नहीं जानता?"

"नहीं, जानता है, पर हम उसमें कलात्मक सम्भावनाएँ खोजते हैं।"

"इसके अलावा और भी कुछ देखते हैं?"

"जी हाँ, यह कि वह व्यक्ति अपने भावों को किस प्रकार अभिव्यक्त करता है। आवाज का रेंज कितना है। उसकी शिक्षा और उसके संस्कारों का उसके व्यक्तित्व के साथ कितना तालमेल है।"

"ओ बाबा! मैं तो समझती हूँ कि हजारों में शायद ही कोई इस कसौटी पर खरा उतरता होगा।"

"चित्राजी, आप बिलकुल ठीक समझीं।"

"अच्छा, यह बतलाइये कि जिन्हें आप चुनते हैं, उनमें ये सारी बातें मिल जाती हैं?"

"चित्राजी, सारी बातें तो किसी में भी नहीं होतीं...न हममें, न आपमें...क्या मैं झूठ कह रहा हूँ?"

धूमकेतु एक क्षण के लिए रुका और उसने चित्रा को ऐसे देखा, जिसके कारण चित्रा ने कुछ असुविधा अनुभव की। अपनी बात पूरी करते हुए वह बोला :

"हम पूर्ण की नहीं, सम्भावना की तलाश करते हैं।"

"अब मैं आपसे अन्तिम सवाल करना चाहती हूँ कि इस प्रकार के चुनाव के बाद क्या होता है?"

वह हँसते हुए बोला :

"चुनाव के बाद...? मेरा खयाल है चित्राजी कि यहाँ चुनाव से आपका मतलब 'सेलेक्शन' से है, न कि 'एलेक्शन' से!"

दोनों खिलखिलाकर हँस पड़ते हैं। धूमकेतु ही बोला :

"चुनाव के बाद हम उन्हें एक कैरियर प्रोवाइड करते हैं।"

"और मेरा खयाल है धूमकेतुजी कि यह प्रत्येक की अपनी प्रतिभा पर निर्भर करता है कि कौन क्या बन पाता है। है न?"

"आप बिलकुल ठीक समझीं....। चित्राजी, आपने तो इतने सारे प्रश्न कर डाले, लेकिन क्या मैं भी आपसे एक प्रश्न पूछ सकता हूँ?"

चित्रा हँसते हुए बोली :

"सवाल आप पूछ सकते हैं, परन्तु ध्यान रहे कि इण्टरव्यू आप दे रहे हैं, मैं नहीं।"

दोनों फिर हँस पड़ते हैं। वह बोला :

"यदि आपको ऐसा कोई आफर मिले, तो आपको कैसा लगेगा?"

एक क्षण तो चित्रा अवश्य हतप्रभ हुई दिखी, परन्तु तत्काल अपने को व्यवस्थित कर हँसते हुए बोली:

"देखिये, एक तो अभी कोई ऐसा आफर मिला नहीं, दूसरे हमारे इस कार्यक्रम का समय भी समाप्त हो रहा है.... तो धूमकेतुजी, हम आपके बहुत आभारी हैं कि आपने हमें इतना समय दिया...... नमस्कार।"

चित्रा का 'नमस्कार' सामान्य था भी और नहीं भी। लेकिन वह किस प्रकार असामान्य था, इसे गौरांग ही क्या, कोई भी नहीं बता सकता था। प्रत्येक सार्वजनिकता किसी-न-किसी की वैयक्तिकता से भी जुड़ी होती है, परन्तु पूछ बैठने पर कोई भी इसे स्वीकार नहीं करेगा। जब भी सार्वजनिकता में से वैयक्तिक अर्थ खोजने की चेष्टा की जाती है, तब व्यक्ति गौरांग की-सी मन:स्थिति में से ही गुजरेगा। वह स्वयं स्पष्ट नहीं था कि वह क्या तलाश रहा था। कोई विषमता थी, जिसे वह आज नहीं देख पा रहा था।

कमरे में उसे घुटन होने लगी। वह बालकनी में निकल आया। हठात् बालकनी में आने पर उसे लगा कि प्रत्येक घर एक पिंजरा ही तो होता है। पिंजरे में भी तो पक्षी नकली डाली पर जब बैठे-बैठे ऊब जाता है, तो झूले पर झूलने लगता है और झूलते हुए भी जब ऊब होने लगती है तो पिंजरे में चक्कर लगाने लगता है और जब इससे भी हार जाता है तो क्रम बदल देता है, ताकि पिंजरे का पिंजरापन पूरी तरह नष्ट न हो, तो भी क्रम तो बना रहे। सड़कों के प्रकाश में भागता जीवन था। एक बँधे-बँधाये वृत्त में प्रत्येक व्यक्ति हर रोज जीता है। क्यों? किसलिए? क्या इनका उत्तर उसके पास

हैं? शायद हममें से कोई भी इनके उत्तरों का सामना नहीं करना चाहता।

वह टी० वी० खुला ही छोड़ आया था। वह जान रहा था कि नाटक चल रहा है, क्योंकि चित्रा की आवाज पीठ की ओर से आ रही थी। प्राय: उसने चित्रा की अभिनय-कला की प्रशंसा ही की है। मित्रों तथा प्रतिष्ठानों में भी चित्रा की प्रसिद्धि के कारण गौरांग को लोग अतिरिक्त ही लेते हैं, परन्तु आज नाटक देखने का मन नहीं कर रहा था। बल्कि उसे लगा कि वह शब्दहीन निस्तब्धता में रहना चाहता है, इसलिए वह टी० वी० आफ करने के लिए मुड़ा। नाटक अपने चरम बिन्दु पर पहुँच चुका था। नायिका झरना, अर्थात् चित्रा नायक निशीथ से उलझ रही थी।

"झरना, तुम समझने की चेष्टा क्यों नहीं करती?"

"तुम क्या समझाना चाहते हो? तुम आठ वर्षों से जो नहीं समझा सके, उसे आज बातों से समझा सकोगे, निशीथ?"

"तुम समझने की चेष्टा करो झरना कि वस्तुओं की तलाश व्यक्ति को अमानवीय बना देती है।"

'निशीथ, मैं यह सब बड़ी-बड़ी बातें न तो जानती हूँ और न समझना ही चाहती हूँ। मैं तुम्हारे लिये यही कह सकती हूँ कि तुम जैसे लोगों के लिए उन्नीसवीं सदी ही अन्तिम थी। तुम्हें उसी सदी में पैदा होना चाहिए था।"

"तुम ठीक हो सकती हो झरना। परन्तु पैदा होना तो मेरे हाथ की बात नहीं थी। हाँ, विचार रखना तो मेरे हाथ की बात है और वही मैं कर भी रहा हूँ।"

"तभी तो कहती हूँ निशीथ, कि हम एक बिन्दु पर अवश्य मिले थे, परन्तु अब हमें अलग हो जाना चाहिए। मैं दुस्साहस करते हुए टूट जाना पसन्द करूँगी, पर दैनन्दिनता भोगते हुए मरना नहीं चाहती!"

"तुम्हारे लिये जीवन का मूल्य, आदर्श..."

"प्लीज, निशीथ! 'डोण्ट टाक राट! आइ एम फेड अप विद आल दिस हाइ ब्राउ बक्स...! हमें एक मित्र की तरह अलग हो जाना चाहिए। मैं सम्बन्ध का द्वार ऐसा बन्द करके नहीं जाना चाहती कि किसी दिन आवश्यकता होने पर यहाँ लौटने में मुझे संकोच लगे।"

तभी कालबेल बजी। निशीथ और झरना, दोनों चौंके। झरना एक क्षण को झिझकी, लेकिन फिर अपनी अटैची उठाते हुए बोली, "टैक्सीवाला है। अच्छा, निशीथ...।"

और निशीथ के उत्तर देने के पूर्व ही झरना दरवाजा खोलकर चली गयी।

नाटक समाप्त हो गया था। गौरांग ने टी० वी० आफ किया। पाइप को फिर से सुलगाकर वह सोफे पर बैठकर कुछ सोचना चाहने लगा। उसका ध्यान साइड टेबल पर रखे राइटिंग पैड पर तहाये एक पत्र की ओर गया। वह उस पत्र के प्रति, जिसे वह कागज समझ रहा था, उदासीन होना चाहता था, पर ऐसा वह न कर सका। निश्चय ही गौरांग के नाम वह एक संक्षिप्त-सा ही चित्रा का पत्र था। वह समझा, चित्रा कुछ सामान आदि के लिए आदेश छोड़ गयी होगी....

गौरांग,

मैं नहीं जानती कि वह पत्र तुम्हें कब मिलेगा और किस मन:स्थिति में तुम इसे पढ़ोगे। मैं भी नहीं समझ पा रही हूँ कि अपनी बात और स्थिति तुम्हें कैसे स्पष्ट करूँ। पर इतना अवश्य जानती हूँ कि यदि हमने इस बारे में आपस में चर्चा की होती, तो समय की बरबादी के साथ-साथ ग्रन्थियाँ ही अधिक बढ़ायी होतीं। मैं जा रही हूँ, शायद रात में न लौट सकूँ....और गौरांग, यदि बहुत दिनों तक लौटना न हो सके, तो क्या तुम क्षमा नहीं कर सकोगे?

तुम्हारी
चित्रा

गौरांग को लगा कि जैसे यह भी टी० वी० का ही कोई कार्यक्रम था जिसकी पूर्व घोषणा न की जा सकी। पाइप की गर्मी हथेली को किंचित् जलाने लगी थी। शायद कुछ सूत्र थे, जिन्हें वह जोड़ना चाह रहा था। तभी कालबेल बजी। कौन हो सकता है....? क्या...क्या....?

दरवाजा खोलने पर देखा कि कोई अपरिचित दम्पती कुछ पूछने की

मुद्रा में खड़े हुए थे।

"कहिये।"

"क्षमा करें, ये बगलवाले वातल साहब और उनका परिवार कहीं गया है क्या?"

"मुझे दुःख है कि वातल परिवार के बारे में मैं कोई सूचना आपको नहीं दे सकता।"

दम्पती खिन्न भाव से लौट रहे थे। दालान के खालीपन में दम्पती के पैरों की दूर होती हुई आहट को वह देखता और सुनता खड़ा रहा। उनके चले जाने पर दालान का खालीपन उसे कहीं अधिक कचोटने लगा। दरवाजा बन्द करने के लिए हैण्डिल पर हाथ पड़ते ही उसे लगा कि उसकी धातु में ठण्डापन लौट चुका है और उस पर किसी भी स्पर्श-बोध का कोई आभास नहीं है।

●

स्मृतिजीव्या

अन्य दिनों की अपेक्षा उस दिन सवेरे ही से धूप नहीं थी। कहना चाहिए कि उस दिन का दिनारम्भ ही धुन्ध और कुहरे से हुआ था। लम्बे, पतले बादल, पेड़ों की फुनगियों तथा उनके बीच से तैरते-रेंगते किस प्रकार सेवरे ही से भरने लगे थे—यह हमने खिड़कियों के बन्द पल्लों से ही देख लिया था। शीशों के पल्लों पर बूँदें जम गयी थीं। पहाड़ी जाड़ों का आरम्भ इसी तरह होता है। नवम्बर और दिसम्बर के महीने वैसे भी पहाड़ों में सुखद नहीं होते। तेज ठण्डी हवा, गहन वर्षा तथा उपरले पहाड़ों पर बर्फ गिरने के कारण वहाँ का सामान्य जीवन लगभग निर्जनवत् हो जाता है। एक प्रकार से हर चीज कटावदार ठण्डेपन के साथ-साथ चिपचिपा उठती है। इन दिनों की धूप तक मुँह की भाप से अधिक गरम नहीं होती।

मेरे एक घनिष्ठ मित्र उपाध्याय, भवाली के राजकीय चिकित्सालय में डाक्टर हैं। अनेक बार वह बुला चुके थे, अतः मौसम न होने पर भी मैं भवाली पहुँचा। डाक्टर अभी तक अविवाहित थे। उनका निर्द्वन्द्व जीवन, सुखद छोटी-सी काटेज तथा पर्वतीय उन्मुक्त वातावरण देखकर डाक्टर से ईर्ष्या हुई। कहाँ दिल्ली का निरर्थक व्यस्त जीवन और कहाँ भवाली की इतनी एकान्त विपुलता। क्या वैषम्य था कि डाक्टर यहाँ की विपुलता से ऊब चुके थे। डाक्टर का अधिकांश समय अस्पताल तथा रोगियों के बीच ही बीतता था। शाम के समय कभी-कभी भवाली सेनीटोरियम के डाक्टरों के

साथ गपशप करते, ताश खेलते या कोई 'इन-डाअर गेम' खेलते कट जाता था। लेकिन कई बार सेनीटोरियम तक जाना भी अखर जाता रहा होगा, अतः जब मुझे डाक्टर ने अनायास देखा तो गहरी प्रसन्नता हुई।

भवाली पहुँचने के तीन-चार दिन बाद तक भी मौसम इतना सुहाना रहा कि लगा ही नहीं कि यहाँ आने के लिए यह समय अनुपयुक्त था। वैसे भी भवाली कोई इतनी ऊँचाई पर नहीं कि यहाँ बर्फीले मौसम का भय हो। उन तीन-चार दिनों के आरम्भ में जिस प्रकार की प्रशस्त धूप, निरभ्र आकाश तथा प्रसन्न-धुली विस्तृत दृश्य-परिधि थी, उसे देखकर सारे पहाड़ियों से ईर्ष्या हुई कि ये लोग प्रकृति की किस श्रेष्ठता को भोगते हैं।

डाक्टर की काटेज का बरामदा दक्षिण की ओर था, जहाँ से दूरी पर किसी 'चैपल' की नुकीली मीनार तथा उसका क्रास एवं उसके पास की काटेज, अपनी पूरी चित्रात्मकता के साथ दिखते थे। पश्चिम की ओर नीचे, अल्मोड़ा-रानीखेत जानेवाली मोटरों का हलका-सा शोर डूबे-डूबे सुनायी पड़ता था। उत्तर की ओर मध्यम ऊँचाई की पहाड़ी का सिलसिला परिधि लेता पश्चिम में पहुँचकर काफी ऊँचा हो गया था। भवाली की अधिकांश बस्ती इसी ओर थी। मकानों के छज्जे और छतें दृश्य को किंचित् कुरूप ही करते थे। हाँ, सवेरे-शाम जब घरों का धुआँ उठता तो वह पेड़ों के हरेपन को जो नीलाहट देता, उससे परिवेश को मर्म मिल जाता। उत्तर की ओर से ही पहाड़ों को लाँघती तेज ठण्डी हवा दिन से अधिक रात में चला करती। चीड़ और ओक के प्रलम्ब तथा धैर्यवान् वृक्ष जब रात में सरसराते होते तब लगता कि सचमुच हिमालय का क्षेत्र देवभूमि है, जहाँ कुछ अविश्वसनीय घटित हो रहा है। जिन दिनों बादल नीचे उतरकर कमरों में घुस आते उन दिनों सारा दृश्य ही नहीं बल्कि कमरों की चीजें तक भीगकर चिपचिपाने लगतीं, लगता कि जैसे बादल हर चीज सूँघते फिर रहे हैं।

सवेरे का चाय-नाश्ता समाप्त कर डाक्टर तो अस्पताल चले जाते और तब बरामदे में बैठकर केवल निरीक्षण करने के अतिरिक्त मेरे पास कोई काम नहीं रहता। इस प्रकार का खाली समय या तो मैं पुस्तकों में काट दूँ या फिर कहीं घूमने निकल जाऊँ, पर मैं प्रायः विवश हो जाने पर ही पुस्तकों पर निर्भर करनेवालों में से हूँ अन्यथा खूब खुले में निकल जाना अथवा

खिड़की या बरामदे से मात्र देखते रहना ही मुझे अधिक सार्थक एवं प्रिय है। वैसे रात में या आँधी-पानीवाले दिनों में कम्बल ओढ़कर क्लासिक पढ़ना बहुत अच्छा लगता है, अत: जब डाक्टर चले जाते तो मैं भी तैयार होकर घूमने के लिए निकल पड़ता।

भवाली-जैसी छोटी जगहों की एक कठिनाई सभी ने प्राय: अनुभव की होगी कि घूमने-फिरने या जीवन की अधिक विविधता नहीं हुआ करती। लम्बी चली गयी एकमात्र सड़क पर निकल जाइये। ऊँचे पेड़ों से आबद्ध पतली-सी पहाड़ी सड़क, छोटी-मोटी पुलियाएँ, इक्के-दुक्के जाते-आते लोग तथा नालों का बहता पानी—यही तो होता है। कहीं किसी मोड़ के आ जाने से अवश्य ही दृश्य थोड़ा निखर आता है, खुल आता है। सिर पर जो क्षितिज आ गया था वह खिसककर दूर चला गया होता है, पर दो-चार दिन के बाद वही-वही की एकरसता आ ही जाती है। वैसे अपने इस प्रकार के निर्णय से मैं स्वयं ही बहुत अधिक सहमत नहीं हो सकता लेकिन उन दिनों कुछ-कुछ ऐसा ही लगता था। सम्भवत: इसका कारण पतझर था। वनों में झरते पत्तों की ऐसी मन्द आहट रहती जो मुझे अमानवीय लगती। झरे पत्तों के कारण पेड़ों की उदासी मुझे अपनी लगने लगती। झरते पत्ते मुझे सदा वैराग्य का बोध कराते हैं। कितने असम्पृक्त भाव से झरते होते हैं चारों ओर, और आप कोई प्रतिकार नहीं कर सकते, केवल देखने के लिए विवश होते हैं।

ऐसा ही पतझर का मौसम था जब मैं भवाली पहुँचा था। चूँकि आरम्भ के दिनों में धूप और दृश्य का खुलापन था इसलिए उस प्रकार पतझर की ओर ध्यान नहीं गया जैसा कि बाद के दिनों में गया। खुले मौसमवाले उन आरम्भिक दिनों में तो मैं और डाक्टर सेनीटोरियम से रात आठ-नौ के बाद ही पैदल लौटते थे। ताश, पिंगपांग या बैडमिण्टन इतना खेले हुए रहते कि थक जाना चाहिए होता लेकिन रास्ते में जिस प्रकार अकलंक चाँदनी, बिल्लौरी तारे तथा स्वच्छ आकाश मिलता उसके कारण गहरी प्रसन्नता होती। पहाड़ी सर्पिल मार्ग पर फैला-सुँता सन्नाटा, चाँदनी के कारण चितकबरे हुए पत्तों पर अवधूती एकान्तता में फैला हुआ मिलता। कहीं से कोई पहाड़ी लोकगीत हवा में कैसा थरथराता होता। ऐसी विजनी निर्जनता आपके स्वत्व को वापस ठेलकर आप तक लौटा देती है। लेकिन जब मौसम

बदला तो हम लोगों का शाम का बाहर निकलना लगभग बन्द हो गया। डाक्टर के लौटने तक अँधेरा और भी सघना जाता और तब शाम की चाय पीकर टेबल के दोनों ओर बैठे हुए लैम्प की पीली रोशनी में केवल चर्चा करने के अलावा हमारे सामने कुछ नहीं होता। इस प्रकार के अवकाशों में आदमी प्रायः अतीत की ही चर्चा करता है। अतीत में न जाने कैसी मन्त्रमुग्धता होती है कि वह बारम्बार घूम-घूमकर याद आता है। ऐसे स्मरण के लिए आवश्यक नहीं कि सुख-सुविधावाला अतीत ही हो। अतीत, अतीत ही होता है। कैसा ही तब का जीवन रहा हो, बीत जाने पर वह सुदूर का चमकता नीला शुक्र हो जाता है। अंग्रेजी की कहानीवाला 'ईवनिंग स्टार!' सन्ध्या तारा!!

मैंने देखा कि यहाँ आने पर डाक्टर अपने नैसर्गिक जीवन-प्रवाह से जैसे कट गया है। अतः या तो वह काम से घिरा रहता है या अवकाश मिलते ही उसे अतीत घेर लेता है। चर्चा चलते ही वह कालेज के दिनों के बारे में, होस्टल के बारे में, नर्सों-लड़कियों के बारे में न जाने क्या-क्या सुनाने लगता है। काफी बातें वह पहले भी सुना चुका है पर इस बार जिस ढंग से वह सुनाता होता, उसे लगता कि वह अनेक दिनों से बातें करने के लिए तरस गया हैं। मैं उसके लिए रेगिस्तान में हठात् मिले छोटे-से जलाशय की भाँति हो गया था। इस प्रकार के स्मृतिजीवी लोगों में इस बात का किंचित् भी विवेक नहीं होता कि सामनेवाला कितना-कुछ सुनना चाहता है। वस्तुतः ऐसे लोग किसी को सुनाते थोड़े ही हैं। उस समय तो केवल वह और उनका अतीत होता है। तैसे, इस प्रकार अतीत को दुहराना या याद करना भी कितना रोमांचक तथा जादुई भरा होता है। अतीत से बढ़कर रंगीन लालच और कुछ नहीं होता। लेकिन यह या तो शाम को होता या रात को खाना खाने के बाद खिड़कियों से मन्द चाँदनी के आलोक में होता। सवेरे चाय पीकर डाक्टर के चले जाने के बाद मैं जिस प्रकार पीछे छूट गया रहता, उसमें चाय की केतली और खाने की मेज के लम्बेपन के अतिरिक्त और कुछ न होता।

इसी प्रकार रिक्तता में मैं एक सवेरे बैठा हुआ था कि मेरा ध्यान सहसा चैपल की ओर गया। वैसे सात बज चुके थे। मौसम खुला होता तो इस समय तक धूप खूब खिली होती पर आज धूप नहीं थी। बल्कि कहना

चाहिए कि धुन्ध जितनी सवेरे थी, उतनी डाक्टर के जाने के बाद नहीं रह गयी थी। फिर भी धुन्ध सघन न होते हुए भी अच्छी-खासी थी। चैपल, काटेज तथा आसपास के सारे पेड़ धुन्ध में लिपटे थे। मैं नहीं कह सकता कि आज के पूर्व मैंने उस चैपल को कभी खुलते या बन्द होते देखा, लेकिन इस समय एक महिला पीठ किये चैपल का एकमात्र बड़ा-सा गोल दरवाजा बन्द करती खड़ी थी। उन्होंने टखनों तक का लम्बा-सा शायद ऊनी गाउन पहन रखा था, जिसके बड़े-बड़े फूल यहाँ से धब्बे-जैसे लग रहे थे। महिला ने जिस ढंग से सिर पर रूमाल बाँध रखा था तथा हाथ में छड़ी ले रखी थी, उसके कारण वह विशिष्ट लग रही थी। दरवाजा बन्द कर जब उन्होंने मुँह सामने किया तो उनकी हलकी आकृति दिखायी दी। वह निश्चित ही वृद्धा थीं। उनकी त्वचा का रंग, इतनी दूर से देखने पर भी जमे हुए सफेद रंग की तरह लग रहा था। उनके बर्फ-जैसे सफेद तथा ठण्डे बालों पर उनके रूमाल का पीलापन उस धुन्ध में कितना निरीह लग रहा था। तनकर खड़े होने के खयाल से वह छड़ी पर जोर देकर खड़ी थीं। जिस ढंग से वह आकाश ताक रही थीं, उससे स्पष्ट था कि वह मौसम को परख रही थीं। चैपल के सामने जो खुला मैदान था उसमें झरी पत्तियों का ढेर लगा था। एक छोटी-सी पगडण्डी थोड़ी दूर के बाद विभाजित हो जाती थी। अपने दाहिनी ओर जाकर वह पगडण्डी चढ़ाई चढ़ते हुए काटेज तक पहुँच जाती थी, जबकि बायें हाथ घूमकर वह पगडण्डी चीड़ों के बीच से होती हुई कोने में बनी एक कब्र के पास जाकर समाप्त हो जाती थी।

रंगत या आकार-प्रकार से वह निश्चय ही यूरोपीय थीं, लेकिन भवाली-जैसी छोटी तथा 'आउट आफ द प्लेस' में एक यूरोपीय महिला को ऐसी निरीहावस्था में देखकर किसी को भी कौतूहल हो सकता था। महिला, एक हाथ में छड़ी तथा दूसरे में बेंत की एक टोकरी लिये हुए थी। बायें हाथ की पगडण्डी से होती हुई वह कब्र पर गयी। टोकरी से उन्होंने वैसी ही झाड़न निकाली, जैसी कि जैन मुनियों के पास हुआ करती है। इतनी दूर से भी स्पष्ट था कि वह कितने धैर्यपूर्ण ढंग से कब्र को झाड़ रही थीं, जैसे कि किसी जीवित व्यक्ति पर से पत्तियाँ हटा रही हों। बरामदें से मैं तय नहीं कर सका कि कब्र किस ढंग की है पर कब्र के सिरहाने की ओर का पंखोंवाला देवशिशु स्पष्ट दिख रहा था। अत: कब्र निश्चय ही पक्की रही

होगी, जिस पर कुछ इसी प्रकार का वाक्य खुदा हुआ होगा कि—"यहाँ वह पवित्र व्यक्ति सो रहा है, जिसे भौतिक जगत् कम जानता है, लेकिन प्रभु का जो प्रिय पात्र ह।" —मैं नहीं कह सकता कि उन्होंने कब फूलों का एक छोटा-सा स्तवक निकाला और कब्र पर रख दिया। भीगे दिन की धुन्ध के बावजूद फूलों के रंग ताजे तथा स्पष्ट थे। उस परिवेश, झरती पत्तियों तथा एकान्त कब्र के निकट उन्हें खड़ा देखकर मुझे न जाने कैसी उलझन होने लगी, जैसे मैं ही स्तवक हूँ, जिसे कब्र पर चढ़ा दिया गया है। जब तक वह अपने काटेज में नहीं चली गयीं, तब तक मैं उन्हें एकटक देखता रहा। उस दिन पहली बार मैंने ध्यान दिया कि उस काटेज की खिड़कियों तथा दरवाजों के सभी पर्दे सफेद हैं। इस ध्यान देने पर ही खयाल आया कि उन सफेद पर्दों को तो पहले ही देख चुका था पर तब न जाने क्यों याद नहीं रहे थे, जबकि इस बार देखने पर ऐसा लगा कि अब आजीवन नहीं भूल सकूँगा।

दोपहर को खाना खाते समय मैंने डाक्टर से उक्त महिला के बारे में अतिरिक्त जानकारी के लिए जब पूछा, तब वह किसी मरीज की दशा को लेकर शायद चिन्तित थे, अत: मात्र इतना ही बता सके कि श्रीमती डेविस न केवल एक धनी महिला ही हैं बल्कि वह डाक्टर के प्रति अत्यन्त कृपालु भी हैं। इनके पति, जिनकी कि तीन-चार वर्ष पूर्व ही मृत्यु हुई है, पहाड़ी क्षेत्र में ईसाई धर्म के प्रचार के लिए आये थे। डाक्टर ने दो-एक दिन में मुझे परिचित करा देने का आश्वासन दिया तथा यह भी कि मैं उनमें एक अच्छा तथा सदाशयी मित्र पाऊँगा।। डाक्टर को पास के किसी गाँव में लिवा ले जाने के लिए कुछ देहाती आये थे और वह उनके साथ चले गये। डाक्टर के जाने के समय धुन्ध लगभग नहीं थी पर मेघाच्छन्नता अवश्य थी। वृष्टि की सम्भावना बनी हुई थी। डाक्टर के जाने के बाद मेरे पास कोई काम नहीं था। काफी देर तक गोगोल की 'ईवनिंग्स नीयर द विलेज डिकान्का' पढ़ता रहा। कमरे में जलती अँगीठी की गर्मी अत्यन्त सुखद लग रही थी। इस बीच बादल फिर नीचे आ गये थे। वृष्टि अब कुछ क्षणों की ही बात लग रही थी। जब बादल ऐसे सघन घिरे हों तब भला शाम का होना कैसे मालूम हो सकता था। कमरे की खिड़की से भीगी तेज हवा से कमरा ठण्डा हो रहा था। और कोई दिन होता तो मैं उसे अवश्य ही बन्द करवा देता पर

इसी खिड़की से श्रीमती डेविस के एक कमरे की दो खिड़कियाँ दिखती थीं। आधे सफेद पर्दों के कारण यह मालूम होना तो कठिन था कि वह किस प्रकार का कमरा है तथा उसमें इस समय कोई है भी कि नहीं, पर थोड़ी ही देर में वहाँ हलका पीला प्रकाश दिखने लगा। निश्चय ही वह किसी बड़े लैम्प का प्रकाश था। किताब छोड़कर मैं फिर श्रीमती डेविस के बारे में सोचने लगा। दो-एक पहाड़ी नौकरों के अलावा उनकी काटेज में किसी अन्य के होने की सम्भावना मुझे नहीं लगी। मुझे उनकी इस निरीहता पर काफी बेचैनी होने लगी। मेरे इस प्रकार बेचैन होने की सार्थकता क्या हो सकती थी, नहीं कह सकता पर मुझे असुविधा थी। मैंने इस समस्या से विमुख होने की पूरी चेष्टा की, पर समस्या और अधिक मरीचिका रचती सामने आ खड़ी होती। नौकर चाय ले आया था। बादलों-भरे वातावरण में चाय की भाप को देखते रहना तथा कप की गरमी को हथेलियों के बीच अनुभव करना कितना सुखद होता है। सहसा मुझे लगा कि यदि मैं इस समय अयाचित ही श्रीमती डेविस के सामने पहुँच जाऊँ तो उन्हें कैसा लगेगा? पता नहीं मेरे इस प्रकार पहुँचने का क्या प्रयोजन समझें। लेकिन जब उन्हें बताया जायेगा कि मैं डाक्टर का एक बन्धु हूँ तो वह एक अच्छे पड़ोसी की भाँति अवश्य ही सम्यक् व्यवहार करेंगी। और मैं बिना कुछ और सोचे केवल गाउन अतिरिक्त रूप से डालकर उनकी काटेज के लिए निकल पड़ा।

डाक्टर तथा श्रीमती डेविस की काटेजों में मुश्किल से सौ गज का फासला होगा। अन्तर केवल यह था कि डाक्टर के अहाते की दीवार जगह-जगह से टूटी-फूटी थी तथा पूरा अहाता उपेक्षित कहा जा सकता था जबकि डेविस की काटेज, अहाता, अहाते की दीवार ही नोकपलक से दुरुस्त न थे बल्कि फाटक के खम्भे पर संगमरमर में खुदा काटेज का नाम 'ह्वाइट ओक्स' तक धुले-पुँछेपन का आभास दे रहा था। अहाते का फाटक जब मैं खोल रहा था तब वहाँ के मुर्गे-मुर्गियाँ पत्तियों को पंजों से पीछे ठेलकर दानों और कीड़ों की खोज में पूरे मैदान में फैले हुए थे। फाटक बन्द कर जब मैं घूमा तो मैंने श्रीमती डेविस को बरामदे में बेंत की एक आरामकुरसी पर सिर टिकाये बैठे देखा। एक कम्बल से उनके घुटने तथा पैर ढँके हुए थे। सिर तथा कन्धों पर वह मुलायम ऊन की हलकी गुलाबी

शाल ओढ़े हुए चित्र का विषय लग रही थीं। पास की तिपाई पर दो-एक किताबें, एक माला तथा एक लैम्प था। मेरा काटेज की ओर बढ़ना वह ध्यान से देख रही थीं। लेकिन मैं जब पास पहुँच गया तो उन्हें स्पष्ट ही लगा कि यह कोई परिचित नहीं है। वह उठने की चेष्टा करने लगीं। उन्हें ऐसा करते देख मुझे लगा कि यदि मैं समय से उन्हें ऐसा करने से नहीं बरजता तो जैसे कोई प्राचीन पवित्र वृक्ष अपनी जड़ समेत उखड़ जायेगा। मैं ऐसा नहीं कर सकता था बल्कि कहना चाहिए कि ऐसा करने का मुझे कोई अधिकार नहीं था। अब उनके और मेरे बीच बस दो-तीन गज का ही फासला रह गया था। अन्तिम सीढ़ी पर खड़े होकर हाथ जोड़कर मैंने कहा :

"गुड ईवनिंग मिसेज डेविस।"

प्रत्युत्तर में उन्होंने भी अभिवादन किया, पर स्पष्ट था कि वह आगन्तुक से अनभिज्ञ थीं। उनके सफेद मुख पर दो नीली आँखें मुझे देख रही थीं। उनमें एक ऐसी जिज्ञासा थी जो किसी फूल में ही सम्भव हुआ करती है। बरामदे में चढ़ते हुए मैंने कहा :

आप डाक्टर उपाध्याय से तो परिचित हैं........मैं उनका........"

मेरी बात को पूरा करते हुए आश्वस्त भाव से वह बोलीं :

"अच्छा, अच्छा, आप ही उनके यहाँ आये हैं........अरे, आप बैठें।"

सामने रखी कुर्सी पर बैठने का संकेत किया। मुझे बैठा देख वह बोलीं:

"किसी की अभ्यर्थना में न उठना कितनी बुरी बात है.....पर वृद्धापकाल होता ही ऐसा है।"

मैंने देखा कि वह बहुत अच्छी हिन्दी बोल रही थीं। मेरे इस आश्चर्य को वह बूझ ले गयीं। कहा :

"किसी भी भाषा को उसके सुन्दर रूप में ही जानना चाहिए।"

उनके उस वृद्ध मुख में मुसकराहट जिस प्रकार तथा मात्रा में घुली-मिली थी वैसी मैंने किसी में नहीं देखी। अनेक सुन्दर-असुन्दर, युवा-बच्चे न जाने कितने मुखों को देखा होगा पर ऐसा पूजामुख नहीं देखा जिसमें वनस्पतियों की-सी ताजगी, उन्मुक्तता तथा दिव्यता भी हो। ऐसा मुख तभी

सम्भव है, जब व्यक्ति पूर्ण रूप से वृक्षों की भाँति ही धरती से बँधे होने पर भी अपनी गति में ऊर्ध्वता रखता हो।

"आप पहली विदेशी हैं जो किसी भारतीय भाषा को उसके पूरे उच्चारण सौन्दर्य के साथ बोल रही हैं, वरना अंग्रेजियत ने तो एक नये ही प्रकार का उच्चारण प्रस्तुत कर दिया है।"

वह मेरी बात पर केवल मुसकरा दीं।

"मैं आपको किस नाम से पुकार सकती हूँ?"

"मुझे नीहार कहते हैं।"

"नीहार तो शायद........."

"हाँ, केवल नीहार स्त्रियों के लिए प्रयुक्त होता है।"

"समझी। अच्छा नीहार बाबू! आप क्या लेंगे?"

"आप चाय-वाय की झंझट रहने दें। पीकर ही चला हूँ। मैं बिना बुलाये आने के लिए क्षमा माँगना चाहूँगा।"

"मैं समझती हूँ कि यह पश्चिमी ढंग आप भारतीय न अपनायें तो अच्छा है। यह आपकी सभ्यता में नहीं है। यहाँ की प्रकृति जितनी खुली है, उसी के अनुरूप यहाँ का मनुष्य, समाज, व्यवहार सब-कुछ खुला है। भगवान् के लिए हमारी यह औपचारिकता हमीं लोगों तक रहने दें।"

श्रीमती डेविस की इस बात से मुझे काफी आश्चर्य हुआ। यूरोपीय होते हुए भी भारतीयता के प्रति एक सम्यक् दृष्टि थी।

"आप शायद यहाँ घूमने आये हैं।"

"घूमने क्या.......असल में डाक्टर उपाध्याय मेरे बचपन के मित्र हैं। कई दिनों से आने के लिए कह रहे थे।"

"इट इज ए व्हेरी स्माल प्लेस।"

"फिर भी लगता है, आपको बहुत प्रिय है यह जगह।"

"यहाँ की जलवायु बहुत अच्छी है। आप तो मैदान से आ रहे होंगे?"

"जी हाँ, दिल्ली रहता हूँ।"

"तब तो यहाँ आना आपके लिए सुखद चेंज है।........आज से

वास्तविक पहाड़ी मौसम शुरू हुआ।''

बरामदे में अब काफी अँधेरा घिर आया था। लैम्प की रोशनी सूरजमुखी का फूल हो रही थी। तेज ठण्डी हवा के झोंकों के साथ हलकी फुहार का आभास था। वातावरण कँपा देने की सीमा तक ठण्डा हो गया था। भीतर के कमरों में नौकरों की हलकी आहट थी। मुझे लगा कि अब चलना चाहिए।

उठते हुए बोला :

''अच्छा तो आज्ञा दें। मेरे इस प्रकार आने से यदि आपको कोई असुविधा हुई हो तो क्षमा करें।''

''बिलकुल नहीं नीहार बाबू! आप पूरी तरह आश्वस्त रहें। द ओल्ड एज इज नेवर डिस्टर्ब्ड। आप आयेंगे तो मुझे प्रसन्नता ही होगी। यूवर फ्रेण्ड इज ए व्हेरी सिन्सियर परसन।''

वृष्टि की फुहार सिर पर लिये मैं लौट आया।

उस दिन के बाद से मैं क्रमशः उनके निकट होता गया। कभी-कभी डाक्टर भी होते। श्रीमती डेविस के पास, लगता कि अतीत और अनुभव दोनों की कोई कमी नहीं है, पर उन्हें अच्छा वृत्तान्तकार नहीं कहा जा सकता था। चूँकि उनकी बातों के पीछे इतनी निष्ठा होती थी कि सादे-से वर्णन का भी प्रभाव पड़ता था। चित्रोंवाली कहानी की किताबों की तरह इस प्रकार के व्यक्ति होते हैं। श्रीमती डेविस को देखकर पहली बार लगा कि वृद्ध-सौन्दर्य में भी वही मोहकता सम्भव है, जो किसी युवा मुख में प्रायः होती है।

श्रीमती डेविस की वह काटेज पाँच कमरों की थी। उस दिन जिन खिड़कियों से मैंने प्रकाश देखा था वह उनका संगीत-कक्ष था। पियानो और ग्रामोफोन के साथ सितार देखकर मुझे आश्चर्य हुआ।

''मिसेज डेविस! पता नहीं आप कितनी तरह के आश्चर्य दे सकती हैं।''

मेरी इस बात पर वह इतना कम चौंकी कि उनके आत्मसंयम के प्रति आदर ही हुआ। वह अपनी परिचित मुसकान के साथ बोलीं :

''जिस दिन मनुष्य आश्चर्य करना छोड़ देता है उसी दिन से वह वृद्ध होने लगता है। हाउ गुड इट इज टु बी ओल्ड।......आप सितार देखकर

आश्चर्य कर रहे हैं, है न? लेकिन मुझे कोई आश्चर्य नहीं होगा यदि आप मुझे बजाने के लिए भी कहें।''

और वह सुनहरे अक्षरों की भाँति चमकते हुए हँस उठीं।

''यदि आप बजा सकें तो.....''

''यही 'तो' ही तो सब-कुछ है नीहार बाबू।......असल में मिस्टर डेविस को दुनिया-भर की चीजें जमा करने का शौक पागलपन की सीमा तक था। थोड़ा-बहुत संगीत जानते-बूझते थे। कुछ ध्यान देते तो एक स्तर तक वादक भी हो सकते थे।''

पियानो पर काले पत्थर का एक बस्ट रखा था। स्पष्ट था कि वह किसी प्रसिद्ध जर्मन संगीतज्ञ का ही होगा।

गत आठ दिनों की बूँदाबाँदी, धुन्ध और कुहरे के बाद आज के इस अपरा में सूर्य पूरी दमकता के साथ खिल आया था। ठण्डी, सोने की धूप चीड़ के वनों में बिछलकर कितनी सम्मोहक लग रही थी, यह बिना देखे अनुभव नहीं हो सकता। इतने दिनों के परिचय के बाद श्रीमती डेविस आज अपनी काटेज दिखा रही थीं। काटेज देखकर ही मेरी समझ में आया कि श्रीमती डेविस किस प्रकार व्यस्त रहती हैं।

सवेरे वह चैपल और कब्र पर जाती हैं। शाम चाय पीते हुए सूर्यास्त देखती रहती हैं। एक प्रकार से वह उनके माला फेरने का समय ही है। रात में खाना खाने के पूर्व वह कुछ देर संगीत सुनती हैं तथा भोजनोपरान्त कुछ लिखना-पढ़ना करके सोने चली जाती हैं। बाकी के सारे दिन वह नौकरों से तथा स्वयं भी एक-एक चीज की आवश्यक झड़ाई-पुँछाई करवाती रहती हैं। ताँबे और पीतल की चीजों को यदि समय पर पालिश न किया जाये तो वे किस प्रकार काली पड़ने लगती हैं। बीचवाला बड़ा कमरा अच्छा-खासा अजायबघर है। कई प्रकार के जलपोतों के माडल, आस्ट्रिया के शीशे के फानूस तथा बिल्लौरी काँच के बर्तन, फारस के कालीन, तुर्की की सिगरेटें, आस्ट्रेलिया के आदिवासियों का बूमरेंग, रेड इण्डियनों की पंखोंवाली भूषा, किसी अंग्रेज सेनापति की बोअर युद्ध की लाल युद्ध-भूषा-जैसी अनेक चीजों से वह कमरा भरा पड़ा था। चिली के जंगलों में पायी जानेवाली मिट्टी की मूर्तियों से लेकर मिस्र के नीले-आसमानी प्याले तक

वहाँ मौजूद थे। एक दीवार पर संसार का मानचित्र टँगा था, जिस पर लाल-नीली छोटी-छोटी झण्डियों से संसार-भर की धरती चिह्नित थी। एक कोने में अच्छा-खासा बड़ा एक ग्लोब था। स्पष्ट था कि स्वर्गीय डेविस महोदय यात्राओं के ही शौकीन नहीं थे, वरन् कुछ-कुछ पुरातत्त्व में भी गति थी।

"मिस्टर डेविस तो खासे साहसिक व्यक्ति थे।"

"ही वाज वाइडली ट्रेवल्ड पर्सन।"

"शायद अपने मिशनरी काम से घूमते रहे होंगे।"

वह थोड़ा-सा हँसीं, बोलीं :

"मिशनरी तो वह जीवन के अन्तिम दिनों में हुए थे। जीवन-भर तो वह जलसेना में थे। यह देखिये, उन्हें 'विक्टोरिया क्रास' भी मिला था।"

'विक्टोरिया क्रास' का नाम तो मैंने बहुत सुन रखा था, पर कभी देखने का सुअवसर नहीं मिला था। मखमल की एक मंजूषा में वह काला क्रास रखा हुआ था। क्रास देखकर मुझे बड़ी निराशा हुई। कल्पना में जो चित्र और चमक इस क्रास के साथ थी, वह वास्तविक के क्रास को देखकर काफूर हो गयी। अब मेरी समझ में डेविस-परिवार की इस सम्पन्नता तथा वस्तुबहुलता का सारा रहस्य स्पष्ट हो गया था! अंग्रेजी में जिसे 'बूटी' कहते हैं, यह वैभव उसी 'बूटी' का प्रसाद और किसी सीमा तक प्रासाद भी कहा जा सकता था।

हम लोग डेविस-परिवार की स्टडी में थे, तभी चाय की सूचना दी गयी थी। श्रीमती डेविस ने नौकर से स्टडी की चारों खिड़कियाँ खोल देने के लिए कहा। कमरा धूप की ओर तो नहीं था पर प्रकाश खासा हो गया था। स्टडी के लिए जो कमरा चुना गया था वह काफी उपयुक्त था इसलिए कि पहाड़ यहाँ फट गया था, फलतः लम्बी ढलान आ गयी थी। सुदूर तक दृश्य, चोटियाँ, आकाश सब ढँक गया था। पुस्तकों का चयन उसी प्रकार का था जैसा कि जहाजी कप्तानों का हो सकता था। इतिहास तथा साहित्य की भी कुछ पुस्तकें थीं। बाइबिल के सभी तरह के संस्करणों से पूरी एक अलमारी भरी हुई थी। पतली-पतली टाँगों तथा पीठवाली एक जनानी कुरसी तथा तदनुरूप टेबल से स्पष्ट था कि श्रीमती डेविस यहाँ बैठकर अपना लिखना-पढ़ना करती होंगी। इसी कमरे से सटा शयन-कक्ष था। स्टडी में

एकमात्र तैलचित्र था, जिसे पहचानने में मुझे कोई कठिनाई नहीं हुई क्योंकि चित्र एक जहाजी कप्तान का था। मैं किंचित् मुसकराते हुए बोला :

"अद्‌भुत रूप से आकर्षक व्यक्ति रहे होंगे मिस्टर डेविस!"

"यंग एज इज आलवेज लाइक दैट।"

जिस ठण्डी उष्णता से उन्होंने मुझे उत्तर दिया उसे मैं किस प्रकार का भाव कहूँ, नहीं समझ पा रहा हूँ। नौकर एक-एक प्याला चाय दे गया। उस कमरे में मात्र वही जनानी कुरसी थी। श्रीमती डेविस की झिझक से मैं समझ गया कि वह बैठना चाहती हैं पर कैसे बैठें? वह दूसरी कुरसी मँगवाने जा ही रही थीं कि मैंने उन्हें टोका :

"आप बिना कोई यूरोपीय औपचारिकता बरते, बैठें।"

और मैं कप लेकर खिड़की की चौखट पर टिकते हुए चाय पीने लगा। मैंने सदा लोगों की आँखों को ध्यान से देखा होगा। व्यक्ति, केवल आँख होता है। यदि आप किसी की आँखें समझ ले जायें तो आप जैसे उसकी नब्ज पर हाथ धर देते हैं। संवेदनशील व्यक्ति की आँखें पीपलपत्र की भाँति सजीव, निर्दोषपूर्ण तथा देवत्वमय होती हैं। श्रीमती डेविस की आँखों की चमक वार्निश की न होकर पत्तों की-सी थी। अपनी जनानी कुरसी पर बैठे हुए वह ऐसी लग रही थीं, जैसे उन्हें मात्र एक सुनहरी फ्रेम की ही अब प्रतीक्षा थी, शेष वह कर चुकी थीं। उस काटेज में जिस प्रकार की शान्ति थी, वह मुझे काम्यवस्तु-सी लग रही थी। मैं बोला :

"यदि ऐसे शान्त स्थान में रहने को मिले तो मैं किसी अन्य चीज की कामना ही नहीं कर सकता।"

मेरी बात का सहसा कोई उत्तर नहीं मिला। कमरे में इतनी निस्तब्धता सहसा आ गयी थी कि या तो कपों की आवाज थी या फिर पेड़-तनों पर दौड़ती गिलहरियों की आवाज आ रही थी। मैं उन्हें बराबर देख रहा हूँ, इसकी प्रतीति उन्हें थी। वह बोलीं :

मैं ऐसा नहीं समझती नीहार बाबू! इस प्रकार की ऐकान्तिकता को झेलने के लिए व्यक्ति के पास पूरे जीवन की स्मृति-सम्पन्नता चाहिए। बिना उसके इतनी चीजोंवाली शान्ति कोई सहन कर सकता है? जब तक व्यक्ति के पास वर्तमान होगा, वह यहाँ एक दिन भी नहीं रहना चाहेगा। क्या आप

मुझे वर्तमान समझते हैं? यदि हूँ भी तो ऐसा कि जिसे आसानी से अतीत समझा जा सकता है। मेरे लिये वर्तमान का कोई अर्थ नहीं क्योंकि मैंने अब भोगना बन्द कर दिया है। जब हम भोगेंगे नहीं, तब नयी स्मृति नहीं होगी। केवल अतीत, ऐसा अतीत जिसे हमने अपना क्या नहीं सौंपा?....असल में नीहार बाबू! मैं अपने बचपन में ही वृद्ध होने के सपने देखती थी। वृद्धापकाल का ठण्डापन मुझे हमेशा आकर्षित करता था। जीवनभर वृद्ध होने की ही प्रतीक्षा करती रही। और जिस दिन पहली बार अपने सिर पर पहली धवलता दिखी, मुझे कितनी अपार खुशी हुई थी कि क्या बताऊँ? अनेक दिनों समुद्र में भटकनेवाली नौका को जब सुदूर क्षितिज में किसी भूमि का आभास मिलता है और तब मल्लाह जिस उत्साह से, तेजी से उसकी ओर बढ़ते हैं, लगभग उतनी ही तेजी से मैं भी वृद्ध होने लगी। प्राय: लोग वृद्ध होने से डरते हैं। जिसके पास स्मृतियाँ नहीं होतीं, वही वृद्ध होने से घबराता है।.....तो उस दिन के बाद से मैंने अपने जीवन की किताब में आगे पन्ने जोड़ने बन्द कर दिये। उस दिन तक के सारे पृष्ठों को सुनहरे अक्षरोंवाली बाइबिल की भाँति सहेजकर रख लिया। यदि व्यक्ति के पास स्मृतियाँ न हों, इस प्रकार के सूने घर की अपनी ही पदाहटों से समय-कुसमय भय लगने लगता है। लैम्प हाथ में लिये जब एक कमरे से दूसरे कमरे में जाना होता है, तब अपनी ही छाया दीवारें चढ़ती-उतरती न जाने कैसी-कैसी शक्लों में आपके आगे-पीछे दौड़ती चलती हैं......तब रोम-रोम काँप उठता है नीहार बाबू!.........आधी रातों में जब बर्फीली हवाएँ दरवाजों, खिड़कियों पर अनाम अभ्यागतों की भाँति दस्तकें देती हैं या कोई दरवाजा चरमराने लगता है, तब आपका खून जमने लगता है......नीहार बाबू! आपने मिस्टर डेविस की कब्र देखी है न? आधी रात में प्राय: वहाँ से कराहने की आवाज आती है और मैं मोमबत्ती लिये वहाँ जाती हूँ, क्योंकि मुझे लगता है कि या तो पत्तियों का दबाव मिस्टर डेविस को हो रहा होगा अथवा आँखों या मुँह पर पत्तियाँ आ गयी होंगी, जिसके कारण उन्हें उलझन हो रही होगी। और सच ही उनके मुँह की तरफ काफी पत्तियाँ गिरी हुई होती हैं! आज भी उनकी दवाइयाँ, कपड़ों का धुलवाया जाना, कफ और कालर का कड़ापन, बटनों की चमक, जूतों की पालिश सबका बराबर ध्यान रखना होता है। कई बार उनकी खाँसी तक सुनायी पड़ती है।.....प्रत्येक दिन, हम

पूरा जीवन जीते हैं नीहार बाबू!.......यदि ऐसा जीवन न होगा तो यहाँ क्या जिया जा सकता है? और क्या जियेंगे.....ये चीजें, यह स्थान........?........प्रत्येक का जीवन, आयु, वृद्धाकाल, स्मृतियाँ, प्रियजन नितान्त पृथक् होते हैं नीहार बाबू! कोई किसी से बदल नहीं सकता। इस अनचले वन में प्रत्येक को अपनी पगडण्डी घासों और पत्तों में से खोजनी ही होती है।''

लैम्प, जो अभी तक अच्छी तरह जल रहा था, सहसा भभकने लगा। भभकने की आवाज 'स्टडी' में भर उठी और तभी वह बुझ गयी।

वस्तुतः मैं फिर श्रीमती डेविस के पास न जा सका। मुझे जाने क्यों ऐसा लगा कि मैं थककर जिस पत्थर के ढूह पर बैठ गया था, उसे न जाने किस अज्ञात प्रेरणावश मैंने हटाया तो वहाँ एक गुफा का मुँह निकल आया था। कौतूहलवश मैं उसमें गया अवश्य लेकिन तत्काल ही लौटकर उस ढूह को पुनः उसी मुँह पर रखकर लौट आया हूँ। किसी गुफा से वापस अपने को लौटाल लाने का अर्थ किसी दिन आप समझ सकेंगे?

•

बन्धछवि

समुद्र और टैरेस पर टेबल लैम्प के प्रकाश में माधवी तुर्गनेव के उपन्यास 'समर टारेण्ट्स' का वाचन दे रही है। काले रंग में रँगी पतली तीलियोंवाली बर्मा टीक की कुर्सी पर बैठी माधवी स्वयं किसी चरित्र से कम नहीं। शेड की गोल झालरदार छाया उसके पुष्ट वक्ष:स्थल को नीचे से तराशती वैसे ही गुजर रही है जैसे कि पृथ्वी के ग्लोब को विषुवत्-रेखा अर्द्ध भागों में काटती है। अधोभाग की श्वेत-भूषा पर जो फिसलता घाटियोंवाला प्रकाश है उसमें पुखराज का मलमली पीलापन आ गया है, जो कि माधवी की त्वचा के कुन्दनवर्ण का भ्रम उत्पन्न करता है। माधवी के बैठने में फूल का बैठना लगता है, जिसके कारण उसके मधु-माधव व्यक्तित्व में अंगगता मसृणता के साथ-साथ एक ऐसी पाटली-गन्ध का आभास होता है जो न कदम्ब, न केवड़ा, न बेला किसी में नहीं, परन्तु जो केवल स्त्री में होती है। स्त्री यदि वृक्ष होती तो उसमें इसी पाटली-गन्ध के वासक फूल होते। स्त्री-देह की चम्पकवर्णता जब स्वयं चम्पा में वैसी नहीं होती तब भला परिधान में वैसी बोलती चम्पकता कैसे हो सकती थी? माधवी की मुखाकृति में और शंख में थोड़ी साम्यता भले ही हो पर आज तक किसी भी शंख के नेत्र न देखे गये, न सुने गये और वे भी ऐसे जिन्हें केवल सम्पदा की कोटि में ही रखा जा सकता हो। लगता है, माधवी अन्य अलंकारों की भाँति नेत्र भी धारण करती है, तभी तो—वह तो मात्र देखती है और आप

चौकन्ने पीपल-पत्र की भाँति बीत गयी हवा को बीतते हुए देख रहे होते हैं। स्त्री को जब अपनी देह के माध्यम से संलाप करना आ जाता है तब पुरुष केवल भाषाहीन ही नहीं, वाचाहीन भी हो जाता है।

छोटी-सी गोल टेबल पर क्रोशिए के कामवाले टेबल-क्लाथ पर प्रकाश, सोने के पानी-सा बिछल आया है और क्लाथ की झूलती सलवटों में झरना, झरने का आभास देता टैरेस पर बह रहा है। टेबल पर रखे उपन्यास का डस्ट-कवर अपनी रंग-योजना में फूल झब्बे-सा लग रहा है। उस पर नायिका की जो छवि है उसमें उन्नीसवीं शती के व्यक्तित्व की सौम्यता तथा उच्चवर्गीय आकृति की दर्पता की बड़ी ही कमनीय रंगत एवं रेखागत संघटनरूपता है। लगता है न कि यदि वह छवि न होती तो अवश्य ही व्यक्ति होती। आरम्भ होती हुई इस रात्रि में हवा, उड़ते अकेले पत्ते-सी कहीं-कहीं कभी-कभी बोल पड़ती है पर उससे अधिक मन्द्रता में सागर-घोष के बेस-नोट्स बज रहे हैं। क्या इस प्रकार के आकाश को ही कृष्णाकाश कहा जाता है? कितना सघन आनुपातिक अँधेरा क्षितिज तक फैला है जैसे कालपुरुष की अँगूठी की नीलमणि हो।

पूरी शाम मैं और माधवी टैरेस पर टहलते रहे थे। मैं नहीं जानता कि माधवी सुनने की स्थिति में थी या नहीं परन्तु मैं कहने की स्थिति में था....और नहीं कह पा रहा था। प्रत्येक बार जब-जब कहने को हुआ तो लगा कि माधवी आहत है। तब मैं कर ही क्या सकता था? शब्द करते नारियलों के पीछे एक दृश्य-सा सूर्यास्त हुआ था, परन्तु उससे भी अधिक मार्मिक था सूर्यास्त देखती माधवी को देखना। निशीथ की मृत्यु के बाद से माधवी के व्यक्तित्व से अधिक छविता में जो एक प्रकार की निषेधता आ गयी है उसके कारण वह प्रस्फुटित अधिक लगती है। पहले सूर्य और फिर आकाश से पीले तथा लाल रंग क्रमशः निचुड़कर क्षितिज के पास समाते गये थे, और तब आकाश एक क्षण को एकदम खाली-सा लगने लगा था। इस खालीपन को ही माधवी जैसे भर रही थी। एकदम का खालीपन, भले ही वह आन्तरिकता का हो या परिवेश का, आपमें झनझनाता है। प्रतिदिन तो और सबको माधवी उपलब्ध नहीं, तब क्या इसीलिए सन्ध्यातारा इतनी जल्द बिल्लौरी आभा में झलझलाने लगता है? समुद्र की ओर से उड़ते पाखियों

के दल-के-दल लम्बी यात्राओं से लौटते, डूबी आवाजों में बोलते सिर पर से गुजरते हुए हमें और भी अधिक एकाकी कर गये थे। मैंने पूछा भी था :

"माधवी! यात्रा करते पाखियों का ऐसे भरे कण्ठों से बोलना कैसा लगता है?"

माधवी ने गहरा नि:श्वास लेकर उत्तर देने में कोई आतुरता नहीं दिखायी थी, काफी देर के बाद वह मात्र इतना ही बोली :

"तापस! क्या प्रत्येक लगना, कहा जा सकता है? कोई मात्र शब्द करता है, कोई बोलता है, कोई पुकारता है! भेद करते जाओ तापस! केका को क्या कहोगे? कितनी आतुर पुकार है न!"

और वह हँस दी थी जैसे अभी तक वह किसी बच्चे से बतिया रही थी। जब भी मैं तनाव अनुभव करता हूँ तभी समुद्र का स्मरण मात्र ही सुखद होता है। एकमात्र समुद्र ही है जो सनातन काल से अहोरात्र बोल रहा है। प्राय: तो शोर जैसा ही लगता है परन्तु गोधूली-वेला में ऐसा नहीं लगता कि वह भी एक भाषा है? बँधे हुए बछड़े की भाँति भी कैसे झटका खाकर बारम्बार तट से टकराकर लौट-लौट जाता है! हमारे जैसा व्याकरण प्रयुक्त न करने के कारण ही क्या पीछे हटती हुई लहरें मात्र कोलाहल ही करती हैं? प्रकृति में मनुष्य के अतिरिक्त और किसी के पास सम्पूर्ण भाषा नहीं है परन्तु यह कैसी विषमता है कि प्रपात का और पाखियों का चहचहाना, लहरों की चपलता सब सुनायी पड़ जाता है परन्तु हमारे पास खड़े व्यक्ति के हाहाकार की कोई आहट तक हमें नहीं हो पाती। माधवी ने अपने हाहाकार को कभी भाषा क्या, नि:श्वास तक नहीं दी होगी बल्कि वक्ष:स्थल के आँचल-सा नींद में भी व्यवस्थित रखा होगा परन्तु यह भाषाहीनता मुझे न केवल सुनायी ही पड़ती है बल्कि टूटते प्रपात-सी दिखलायी भी पड़ती है। ठीक है, जब निशीथ नहीं है, परन्तु माधवी कभी नहीं जान सकेगी कि वह अपने लिये तो केवल है, लेकिन मुझमें वह प्राकृतिक घटना-सी कभी हवा, कभी प्रपात, कभी ज्वार-सी घटित होती है। क्यों नहीं संलाप का कोई ऐसा सेतु होता जो कि बिना कहे एक-दूसरे के निकट प्रस्तुत कर सकता होता।

मैं जानता हूँ कि निशीथ की मृत्यु के बाद से माधवी व्यवहार जगत् में केवल आवश्यक जीना जीकर अधिकांशत: या तो निशीथ की वस्तुओं को व्यवस्थित करने में लगी रहती है जैसे कि अभी निशीय समुद्र-स्नान से लौटेगा और बाथरूम में उसके नहाने का प्रबन्ध होना ही चाहिए। बाथरूम के दरवाजे पर उसकी स्लीपरें रखी ही होनी चाहिए। बिना सिरके का सलाद निशीथ सहन ही नहीं कर सकता है। रोज रात में अनिवार्यत: वह पुस्तकों का वाचन अपने सामने फैला लेती है और इस प्रकार दिन-पर-दिन बीतते चले जा रहे हैं। शेविंग-ब्रश तक धोना नहीं भूला जाता। प्राय: मैं कहने-कहने को हुआ और मेरे बोलने के पूर्व ही मेरे आवेश को अनुभव कर माधवी ने ऐसे निरस्त्र मुग्ध भाव से मुझे देखा होगा कि मैं चुप ही रह गया हूँगा। सम्पूर्ण सहज वह तब भी थी और आज भी। आप कहें तो तब, जब कुछ असहज लगे। पर्वतीय नदी के लिए उसका एकान्त उतना ही मुखरित होता है जितना कि किसी का कोलाहल, तब भला किसी को क्यों आपत्ति होनी चाहिए कि उसकी स्मृतियाँ ही उसका यथार्थ है। जब निशीथ था तब उसकी वस्तुएँ, आवश्यकताएँ, व्यवस्था सब बाहर बिखरी फैली न होकर माधवी में थीं और अब जब निशीथ उसमें है तब वस्तुएँ, आवश्यकताएँ और व्यवस्था बाहर बिखरी-फैली हैं। पुरुषों की कंघी में प्राय: बाल लगे रह जाते हैं जिन्हें प्रतिदिन साफ तो किया ही जाना चाहिए न?.....पता नहीं कैसे स्त्री के लिए सारी स्थितियों में कुछ-न-कुछ प्रत्यक्ष रहता ही है। तभी तो आज व्यक्ति है, तो कल उसकी स्मृति। आज फूल है, तो कल उसकी सुगन्ध। यथार्थ दोनों ही हैं, केवल अनुभव करने की बात है।

निशीथ, माधवी और मैं, हम तीनों कटक में साथ-साथ कालेज में थे। हमारे अंग्रेजी के प्रोफेसर डाक्टर दास, चार्ल्स डिकेन्स के उपन्यास 'ए टेल आफ टू सिटीज' की रीडिंग प्राय: क्लास में करवाया करते थे और इसके लिए साधारणत: माधवी ही चुनी जाती थी। निशीथ वैसे तो कविता, पर शेक्सपीयर के नाटकों का वाचन भी बहुत अच्छा करता था। माधवी न केवल अच्छा पढ़ती ही थी बल्कि भाषा और भाव दोनों पर उसका

अधिकार एवं अभ्यास आज तक बना हुआ है। बिना थके वह घण्टों उपन्यास सुना सकती है। वह स्वयं ही तन्मय नहीं होती है बल्कि आपको भी बाँध-बैठाल रखेगी। माधवी के पढ़ने की मुद्रा से ऐसा लगता है जैसे वह निष्णात रूप से पियानो बजाने बैठी है। भाषा का साक्षात् वह सम्पूर्णता से करती है इसलिए उसके द्वारा प्रत्येक उच्चरित शब्द अनेक सम्भावना के साथ प्रस्तुत होता है।

निशीथ ने जब पूछा :

"तुम्हें पढ़ते हुए कैसा लगता है?"

"शब्दों का स्पर्श, शब्द-प्रपात मुझे भिगोने लगता है! शब्द-मेघ मुझे आपाद अभिषिक्त कर जाता है और शब्द यात्रा......!!"

माधवी के इस उत्तर के बाद निशीथ उसके व्यक्तित्व को वैसे ही देखता रहा था जैसे वह संस्पर्शी धरती को देख रहा हो जिस पर फुदकती फुलचुक्की से लेकर आँधियाँ तक लिखी मिलती हैं। माधवी के स्वर में एक प्रकार की नैसर्गिक उदासी है जैसी कि हवा के बीत जाने पर बाँसों के वन में होती है, तभी तो वह मात्र आकर्षित नहीं करती, आबद्ध भी करती है।

इसी छत पर हम तीनों रात-रात-भर कविताएँ, नाटक, उपन्यास आदि सुनते-सुनाते रहे हैं और वे दिन गौरेयों-से उड़कर न जाने कहाँ चले गये हैं। हाँ, आग्रह करने पर निशीथ 'बाँशी' और माधवी 'गीतगोविन्द' का गान किया करते थे।

इस समय माधवी जो वाचन दे रही है वह लगभग ऐसा ही तो लग रहा है कि जैसे आकाश, अन्धकार, ग्रह-नक्षत्र, समुद्र आदि को अपने सामने बैठालकर उन्हें आज तुर्गनेव सुना रही है तो किसी दिन ताल्सताय सुना सकती है। जब व्यक्ति स्वत: सम्पूर्ण होने पर आ जाता है तब अन्य किसी की न सत्ता होती है और न अर्थ ही रखती है। पत्नी के रूप में स्त्री किस सीमा तक आसक्त या तदाकार हो सकती है यह मैंने माधवी को देखकर ही जाना। यह नहीं कि निशीथ माधवी पर अनुरक्त नहीं था परन्तु किसी-न-किसी स्तर पर पुरुष में गाँठ अनिवार्यत: रह ही जाती है। उन दिनों जब मैं यहाँ आता था तो हमेशा यह लगता था कि जैसे किसी के पूजाघर में जूता पहनकर चला आया हूँ। दोनों के उस सिम्फनीवत् जीवन में जैसे

मैंने कोई अतिरिक्त नोट आकर बजा दिया है। जब कभी अपनी इस भावना को मैंने अभिव्यक्त करने की चेष्टा की होगी तो कहना कठिन है कि कौन अधिक आहत हुआ होगा।

माधवी कहती :

"पश्चात्ताप करने के लिए यहाँ से जाना चाहोगे?"

"हाँ।"

"कहाँ?"

"वापस कलकत्ता।"

"उसके बाद?"

"फिर आऊँगा।"

"तब जाने से लाभ?"

और वह जिस सहजता से हँसते हुए मुझे निरुत्तर करती उससे लगता कि स्त्री की परिधि की सीमा है परन्तु उसकी गहनता की नहीं। वह जब ग्रहण करती है तब उसमें कोई सन्धि नहीं रह जाती; हाँ, यह हो सकता है कि वह आपको अपनी छाया भी न छूने दे।

निशीथ के पिता इंजीनियर थे और उन्होंने अपने अवकाश-प्राप्ति के बाद के ऐकान्तिक जीवन के लिए कटक के स्थान पर पुरी के इस शान्त, निर्जन, सैकत तट पर अपना यह छोटा-सा आवास 'दक्षिणावर्त' बनाया था। निशीथ उनकी एकमात्र सन्तान था। जीवनयापन की कोई समस्या उसके लिए नहीं थी तथा चित्रकारी एवं संगीत से उसे शौक था, इसलिए यहाँ का ऐकान्तिक जीवन उसे भी प्रिय था। कलकत्ता के महानगरीय जीवन से उकताकर मैं प्राय: आ जाया करता था। इनका यह प्रशस्त जीवन मेरे लिये अवश्य ही अयथार्थ था परन्तु निशीथ-माधवी के लिए नहीं। मुझे समुद्र-स्नान से कोई विशेष लगाव नहीं रहा है इसलिए इन दोनों को दूर बड़ी-बड़ी लहरों में डूबते-उतराते दो बिन्दुओं से देखते रहना, हवा में नारियलों का बोलना आदि कितना अच्छा लगता था। धूप में बालू पर पड़े उनके तौलिये ऐसे लगते जैसे उन्हें भी लहरें यहाँ छोड़ गयी हैं। हाथ-में-हाथ धारे सागर-जल को चीरते जब ये दोनों लौटते होते तब प्राय: वह लगता कि स्त्री

कैसे अपने स्पर्श एवं सान्निध्य की छेनी से पुरुष के भीतर से अपने मनोनुकूल एक मूर्ति तराशती है? विवाह के बाद का व्यक्ति वही तराशी मूर्ति होता है? चुचुआते केशों में, खारे जल से भीगी-चिपकी पलकों में तथा समुद्र-जल में चमकती देहों में ऐसे प्रसन्न उपस्थित होते जैसे वे एकान्त में हों। यदि मैं वहाँ हूँ भी तो एक पदार्थ की भाँति। कितनी ईर्ष्या के योग्य है यह प्रतितन्मयता।

तौलिये से देह रगड़ते हुए निशीथ कहता होता :

"तापस! तुमको ही देखकर मैं जन्म-जन्मान्तर, कर्म आदि जानने लगा हूँ।"

गरम-गरम बालू में सिंकते पैरों को भोगती माधवी यह बात सुनकर मुसकराने लगती। मैं केवल कौतूहलवश पूछता :

"क्यों?"

"इसलिए कि तुम अपने इस जड़भरत स्वभाव के कारण ही जन्म-जन्मान्तर से गधे हो और भगवान् ने चाहा तो रहोगे भी।"

हँसती हुई मुग्ध स्त्री के योग्य उपमान सृष्टि के पास भी नहीं है।

"क्या इसलिए कि मैंने समुद्र-स्नान नहीं किया?"

"हाँऽऽ, यह भी एक कारण हो सकता है।"

"और क्या कारण हैं मुझे गाली देने के, जरा सुनूँ तो?"

"यदि बात सुनकर माधवी मुझे न मारेगी इसका वादा करो तो कह सकता हूँ।"

अपने बालों का पानी निचोड़ती माधवी निशीथ की आगामी बात की सम्भावना को कुछ-कुछ समझते हुए भी अनभिज्ञ बनते हुए कहती :

"मैं क्यों मारूँगी भला? और वह भी तुम्हें! सुनते हो तापस, कोई सुने तो क्या कहे? झूठे कहीं के!"

और माधवी कहते-कहते ढेर-सी बालू निशीथ पर फेंककर 'दक्षिणावर्त' के फाटक पर होती। स्त्री जब पुरुषमय होती है तब तृतीय पुरुष की उपस्थिति में उसे अपने प्रत्येक अंग कितने चुराने-ढाँकने पड़ते हैं न? तृतीय पुरुष की उपस्थिति में समझ में नहीं आता कि उन्हें क्या करे या कहाँ लेकर

जाये? अत: जब मुझे यह प्रतीति होती कि मैं तृतीय पुरुष हूँ और भीगी स्नान-भूषा में या बाथरूम से एकवस्त्रा माधवी अभी-अभी हठात् संकोच से गुजरी है तभी मैं अनायास पुरी के उस छोटे-से टर्मिनस स्टेशन पर निशीथ-माधवी को छोड़कर लौट जाता रहा हूँ, जैसे वे दोनों एक बन्धछवि हैं जिन्हें निशीथ-माधवी कह दिया गया है।

'दक्षिणावर्त' में सब-कुछ निशीथमय था। चाहे वह टूथब्रश हो या पेण्टिंग्स के ब्रश हों। शेविंग के लिए गरम जल हो या कलर ट्यूब्स हों, सबकी चिन्ता करनी माधवी को ही है। वाश-बेसिन यदि नौकर ने ठीक से नहीं चमकाया है तो यह भी माधवी का ही सिरदर्द है। किताबों के बुक-मार्क्स किस प्रकार के कलात्मक होने चाहिए तथा किस दीवार का रंग किस प्रकार का होना चाहिए। बत्तियों के शेड्स को लेकर कटक-कलकत्ता तक दौड़-धूप हो रही है। मैचिंग परदे, बेड-कवर, गिलाफ से लेकर पिन-होल्डर में जापानी शैली में किस प्रकार फूल-पत्ती सँजोनी है। ड्राइंगरूम की फूल-सज्जा तथा बेडरूम की फूल-सज्जा का अन्तर भला नौकर या माली बता दिये जाने पर भी क्या ध्यान रख सकते हैं। निशीथ कभी तेज गन्ध को सहन नहीं कर सकता है। स्वयं माधवी कभी अपने तौलिये से निशीथ तक को मुँह नहीं पोंछने दे सकती है। खाने की टेबल पर टूथपिक न हों यह कभी सम्भव ही नहीं। केवल लिखने-पढ़ने या निशीथ जब अपने स्टूडियो में होता उस समय को छोड़कर कोई-न-कोई रेकार्ड अत्यन्त मन्द स्वरों में बजता रहता।

"तापस! लोग संगीत, सुगन्ध, आनन्द आदि बातें क्यों केवल उत्सवों के लिए ही रखे रहते हैं? प्रत्येक दिन को क्या उत्सव नहीं बनाया जा सकता?"

"तब तो लोग उत्सवों से भी ऊब उठेंगे।"

"उत्सवों से अवश्य ऊब उठेंगे पर उसकी भावना से नहीं। मैं भावना की ही बात कह रहा हूँ।"

ऐसे वार्तालाप के समय माधवी कैसी अप्रतिम लगती जब वह चिढ़ती होती और निशीथ लगभग शैतानी करने के मूड में होता। यह क्या बात हुई कि माधवी तो पाठ कर रही है और निशीथ माधवी को एकाग्र भाव से देखते हुए न जाने कहाँ खो गया है और वह भी न जाने कब से। पढ़ना रोककर माधवी देखती है कि निशीथ खुली आँखों कहीं दूर चला गया है तो वह झल्लाकर पुस्तक बन्द करते हुए कहती :

"यह तुम सुन रहे थे?"

"नहीं तो।"

"तब क्या कर रहे थे?"

"अधिक महत्त्वपूर्ण काम।"

"कौन-सा?"

"तुम्हें देखना।"

निशीथ के इतने सीधे जवाब को सुनकर माधवी वैसे ही थरथरा उठती जैसे झील के शान्त जल को छूकर थरथरा दिया हो और वह थरथराहट पूरी झील में फैलने लगे। स्त्री में एक प्रकार का चरित्रगत चौकन्नापन होता है जिसके कारण वह नींद में भी, यदि थोड़ी-सी भी साड़ी हट जाये तो वह निष्प्रयास ठीक कर लेगी। स्त्री सब समय स्त्री ही होती है। भले ही वह आपकी ओर पीठ किये बैठी हो, पर यदि उसे लगे कि आप उसे बराबर घूर रहे हैं या आप उसी के बारे में सोच रहे हैं तो वह अनायास अपनी ढँकी हुई पीठ को फिर भी ढँकने लग जायेगी।

झल्लाकर पुस्तक माधवी बन्द करती और हँसते हुए टेबल-लैम्प निशीथ। टैरेस की मुँडेर से आभास देता तथा शोर करता समुद्र उन दोनों के बीच उपस्थित हो जाता।

"क्या सचमुच ही नाराज हो?"

"नहीं, झूठ-मूठ।"

"तब ठीक है।"

"क्या ठीक है? तुम्हारा सिर!"

"जब तुम्हें नहीं सुनना था तो मुझे रोक देते।"

"रोकता तब न जब मैं वहाँ होता। और तुम क्या सोचती हो कि तुम वहाँ थी?"

"किस रत्नद्वीप में मुझे ले गये थे, सुनूँ तो?"

"तुम्हें मालूम है न कि इसी पुरी के समुद्र को देखकर चैतन्य महाप्रभु आत्मविभोर हो गये थे और कृष्ण-कृष्ण पुकारते हुए सागर में लीन हो गये थे।"

"हाँ, तो?"

"प्रत्येक विशाल और विराट् अपनी ओर मोहता है।"

"तुम कहना क्या चाहते हो?"

और तभी माधवी के पेट में बड़े जोर का दर्द उठा। वह लगभग चीख उठी।

"क्या हुआ तुम्हें? चलो, भीतर चलो।"

"घबराओ नहीं। ताजी ठण्डी हवा में मैं स्वस्थ हो जाऊँगी। तुम नहीं जानते यह दर्द किस बात का है।"

और वह दर्द के बीच भी मुसकराने की चेष्टा करती रही। निशीथ उसे सहारा देकर भीतर लिवा ले जाने का आग्रह करने लगा तो वह बोली :

"क्या तुम किसी भी दिन नहीं समझोगे?"

"क्या?"

"बुद्धू!......तुम्हारा बेटा मुझे लात मार रहा है।"

निशीथ एक क्षण को अवाक् हुआ परन्तु फिर तत्काल ही उसकी हथेलियों में न जाने कितनी कोमलता आ गयी कि जिस समय वह माधवी को कन्धों से थामे भीतर ला रहा था उस समय वह माधवी नहीं बल्कि जैसे किसी पौधे को उसकी जड़ों के साथ अन्यत्र रोपने के लिए अत्यन्त सतर्कता से वहन कर रहा हो। साथ ही माधवी भी ऐसे प्रस्तुति भाव से सटे-सटे चल रही थी जैसे वह मात्र स्त्री ही नहीं बल्कि दाम्पत्य जीवन का संकल्प-फल हो।

उस रात निशीथ से अधिक मैं मन-ही-मन प्रार्थना करता रहा था कि माधवी प्रसव की दारुण पीड़ा से यथाशीघ्र मुक्त हो और सब-कुछ कुशल

हो। वैसे भी भीतर जाकर माधवी से मिलना निशीथ को ही करना था परन्तु उस वार्ड में से एकाध बार गुजरने से ही या स्ट्रेचर पर ले जायी जाती प्रसूता का यातना-मुख देखकर मुझे यही लगा था कि स्त्री सबसे अधिक विवश एवं असहाय इन्हीं दिनों होती है। आखिर तो माधवी भी स्त्री ही थी। उसकी आँखों की कारुणिकता में उस समय क्या था यह मैं कभी सही संज्ञित नहीं कर पाऊँगा। माधवी के प्रसव में बराबर देरी होती गयी और जब लिखा-पढ़ी के बाद आपरेशन से बच्चा हुआ भी तो वह मृत था। वह बरसे मेघ-सी रिक्त थी इसलिए भाषाहीन थी। केवल दीवारों, व्यक्तियों और कमरे की शून्यता को वह उदास दृष्टि से लीपती पड़ी रहती। माधवी का साक्षात् करना भी कितने साहस की अपेक्षा रखता था जैसे वह निष्फल तपस्या हो।

महीनों बाद इसी टैरेस पर हम लोग बैठे हुए थे। हवा में पीठ किये बैठी माधवी के कुन्तल उड़-उड़कर उसका मुख भरे दे रहे थे। ब्रिज का खेल माधवी को जितना अप्रिय था, निशीथ को उससे उतना ही अनुराग था। वह रात-रातभर खेल सकता था। वह घण्टों अकेला बैठा हुआ 'पेशन्स' खेला करता था और ऐसे में माधवी बुनाई करती बैठी रहती। चूँकि काल मेरी रही थी इसलिए डमी मेरी हुई थी और निशीथ और माधवी पार्टनर बने थे। माधवी बराबर अनमनी थी इसलिए वह गलत पत्ता, गलत चाल चलती रही। निशीथ का झल्लाना स्वाभाविक था। उसे आशा ही नहीं विश्वास था कि वह मुझे कम-से-कम दो हाथ से 'डाउन' करेगा परन्तु गाधवी के कारण मैं न केवल जीता बल्कि 'ओवरट्रिक्स' भी बना सका।

निशीथ बोला :

"तुम्हारा खेल में मन नहीं लगता, घूमने में मन नहीं लगता—पता नहीं तुम क्या चाहती हो।"

अत्यन्त आहत होते हुए माधवी बोली :

"क्या मैंने किसी दिन कहा है कि मुझे कुछ चाहिए?"

वह इतना कहकर ऐसे विवश देख रही थी जैसे वह बाणबिद्ध कोई पाखी हो और शिकारी को अत्यन्त कारुणिक दृष्टि से देख रहा हो।

"तुम समझने की चेष्टा क्यों नहीं करती? जो जा चुका वह न कभी लौटा है और न लौटेगा।"

पाखी जिस प्रकार अन्तिम बार पृथ्वी पर गिरते हुए अपने सम्पूर्ण स्वत्व से देखता है वैसे ही वह देखती खड़ी रही। माधवी के पास निशीथ के लिए

भाषा नहीं, केवल दृष्टि थी, सो वही कर रही थी। निशीथ के लिए अब केवल पराजित होने के अतिरिक्त क्या शेष था? वह मेरी ओर विवशता से देख रहा

था। मैं मुँडेर-टिके इस दम्पती को देखते हुए ताश अनजाने में फेंटते हुए पता नहीं कुछ सोच भी रहा था कि नहीं। केवल एक ही बात समझ पा रहा था कि स्त्री, पुरुष के लिए भले ही रमण की वस्तु हो, परन्तु वह देह और मन दोनों से ही ग्रहण करती है इसलिए भोगती भी वही है। शिशु की मृत्यु निशीथ के लिए

अधिक-से-अधिक एक घटना भर है पर माधवी के लिए तो अपने एक अंश को खो देना है। स्त्री अपने वक्षःस्थल पर घूमते हाथ को जैसे कभी नहीं भूल पाती तब भला जिसे वह धारण करती है उसे कैसे भूल सकती है? पीड़ा तो वह हाथ भी देता है पर तब भी स्त्री तन्मय ही होती है लेकिन जन्म लेता बालक घोर यातना देने पर भी उसे सार्थकत्व प्रदान करता है। भला उसे निशीथ की भाँति हँस-बोलकर, ताश का खेल खेलकर कैसे भूल सकती है? क्या किसी दिन निशीथ इसे नहीं समझेगा?

"मैं कुछ गलत कह रहा हूँ तापस?"

निशीथ ने मेरी सहायता लेनी चाही परन्तु मैं सोच रहा था कि संस्पर्शी व्यक्ति के लिए कुछ नहीं व्यतीतता है इसीलिए सबसे अधिक भोगता है।

"माधवी!"

मुझे बोलता देखकर भी वह किंचित् आहत ही हुई थी परन्तु वह पहले से कुछ स्वस्थ हो चली थी। मैं फिर बोला :

"गुजरती हवा के लिए नारियल कैसे विकल लग रहे हैं। एक-एक पत्र यात्राकुल लग रहा है न? पर हवा है कि अनासक्त भाव से उनमें से बीत रही है......क्या करोगी परिताप करके?"

मैं केवल चेष्टा ही कर सका था कि माधवी विगत को भूले और जिस प्रकार वह हम दोनों को छोड़कर चली गयी उससे लगा कि वह पूर्ण स्वस्थ होने के लिए गयी है।

परन्तु मुझे जब निशीथ की मृत्यु का समाचार मिला, आसन्न रह गया। निशीथ तो अब जा ही चुका था इसलिए निशीथ से अधिक माधवी के लिए मैं चिन्तित था, परन्तु मेरी कठिनाई यह थी कि माधवी का सामना मैं किस प्रकार कर सकूँगा।—उस दिन निशीथ और माधवी दोनों समुद्र-स्नान के लिए गये थे। थोड़ी देर के बाद माधवी तो थककर तट पर लौट आयी पर निशीथ नहाता रहा। कार्तिक धूप में वैसा तीखापन नहीं रह गया था कि देह धूप में सुखायी ही न जा सके। आकाश में मण्डलाकार तैरती चीलों को देखती माधवी बालू में लेटी रही। पता नहीं वह कैसे चौंकी, शायद बहुत देर हो गयी थी। धूप ने उसे पूरी तरह तपा दिया था पर ठण्डी हवा ने धूप की असह्यता को सन्तुलित कर रखा था.......लेकिन निशीथ अभी तक क्यों नहीं लौटा?.....कहीं पर भी तो निशीथ नहीं दिख रहा था......लहरें वैसे ही उफन रही थीं। केवल दो-एक मछुआरों की नावें काई की भाँति उछल-तैर रही थीं.....वह दो-एक बार 'निशीथ' चिल्लायी भी थी परन्तु जब प्रकृति बोल रही हो तब मनुष्य का बोलना कोई अर्थ नहीं रखता। आँखें गड़ाने पर भी दूर-दूर तक निशीथ नहीं दिखलायी पड़ रहा था तो उसे चिन्ता होने लगी—नहीं-नहीं, ऐसा नहीं हो सकता...यह भी क्या नहाना....ऐसा भी क्या शौक.... एक सीमा तक ही तो पानी उथला है, पर लहरों का क्या विश्वास कि वह आपको घसीटकर कब गहरे जल में न घसीट ले जायें?.... निशीथ को लौट आना चाहिए था....अब भी उसे लौट आना चाहिए... किसी को कोई चिन्ता ही नहीं...रोज तो ऐसा नहीं होता....लेकिन..लेकिन क्या? और मछुआरों की नावें निकट आ रही थीं। बड़ी लहरें उन्हें उछाले दे रही थीं। माधवी समझ नहीं पा रही थी कि वया करे? ये नावें आ जायें तो मछुआरों को लेकर वह निशीथ को खोजने जायेगी, पता नहीं कितनी दूर निकल गये हैं। — जब-जब लहरें नावों को पीछे ठेलतीं माधवी की घबराहट बढ़ जाती। समुद्र में दबाव बढ़ चला था। नावें तिरछे काटते हुए बहुत धीमे-धीमे किनारे की ओर आ रही थीं। जब लगा कि वह पानी में दौड़कर नावों तक जा सकती है तब वह एकदम टूटकर भागी। पानी पर हवा चपेटे मार

रही थी और जैसे समुद्र गुस्सा रहा था।

मछुआरों ने पानी में कूदकर नाव किनारे पर ठेली। माधवी एकदम अवाक् थी। निशीथ को मछुआरों ने नाव में लिटा रखा था। साधारण के पास अभिव्यक्ति होती है, भाषा नहीं।

''साब तो बह गया था, हम पकड़ लिया लेकिन उसके पहले ही ये....और मछुआरे ने ऊपर देखकर प्रणाम में दोनों हाथ सिर पर लगा लिये। क्या?....ये क्या कह रहे हैं? क्या माधवी कुछ सुन रही है?...और माधवी चीखती निशीथ पर टूट गिरी।

मैं पहुँचा तो, पर ऐसे पहुँचने का भी क्या अर्थ है? माधवी के लिए किसी अन्य के पहुँचने का क्या मतलब हो सकता था? वह जैसी हो गयी थी उसमें वह अपने सम्पूर्ण स्वत्व से अप्रसाधिता लग रही थी। श्वेत केवल वस्त्रों का ही नहीं बल्कि उसके मन का भी रंग था। उसकी आँखों में स्पष्टतः वर्तमान के लिए कोई स्थान न था, वे केवल विगत देखती वर्तमान में थीं। 'दक्षिणावर्त' निचोड़े गये वस्त्र-सा जलहीन, सिकुड़न-भरा, ऐंठा-ऐंठा-सा जैसे अतीत की अलगनी पर बिना फैलाया वस्त्र हो ।

दिन जब बीतने के उपक्रम में उड़ते हैं तब उतनी प्रतीति भी नहीं होती जितनी कि गौरैया के उड़ने पर छोटी-सी डाली थोड़ी देर को ही सही, पर हिलने लगती है। बाहर भले ही दो वर्ष बीते हों पर माधवी के निकट न कुछ बीता था और न बीतने की कोई सम्भावना ही लगती थी। इस बीच मैं प्रायः आया हूँ और माधवी की मनःस्थिति को देखता भी रहा हूँ। कभी वह व्यक्ति को लेकर समग्र थी तो अब उस व्यक्ति की स्मृति को लेकर, उसकी वस्तुओं को लेकर अपनी रिक्तता को ढाँके रहती थी। तानपूरे की कत्थई खोल ऊपर से अवश्य रोज झाड़ी जाती परन्तु उसके तार सम्भवतः बजना ही भूल गये थे। पूरे 'दक्षिणावर्त' में माधवी के चलने की आहटहीनता लिखी मिलती क्योंकि बोलने के नाम पर नौकर को आदेश के अतिरिक्त वस्तुएँ ही शायद बोलती थीं।

एक दिन उसकी वस्तुगत व्यस्तता पर प्रश्नचिह्न लगाते हुए मैंने कहा भी था :

''क्या वस्तुएँ व्यक्ति हो सकती हैं माधवी?''

माधवी ही नहीं, सचमुच की पूर्ण स्त्री, पुरुष के आशय को न समझे यह सम्भव ही नहीं। वह केवल मुसकरा दी।

"तुम क्या कहना चाहते हो?"

"यही कि वस्तुएँ तो व्यक्ति नहीं होतीं परन्तु तुम व्यक्ति को वस्तुएँ बनाये दे रही हो।"

वह आहत कितनी हुई यह नहीं जानता परन्तु निशीथ की मृत्यु के बाद मैंने उसे थोड़ा प्रसन्न पहली बार देखा।

"यदि तुम वस्तु होते जा रहे हो तो अपना स्थान भी जानते होगे।" कहने को तो वह कह गयी परन्तु तभी उसे लग गया कि मैं क्या जवाब दे सकता हूँ।

"स्थान तो मैं जानता हूँ, परन्तु उसका निर्णय भी तो तुम्हें ही करना पड़ेगा।"

जाहिर था कि वह मुझसे अधिक मेरी बात का सामना नहीं कर सकती थी और वह आँचल सिर पर ठीक करते हुए व्यर्थ में नौकर कालीदीन को पुकारती हुई वहाँ से चली गयी। दो वर्ष के बाद माधवी, सहज स्त्री की भाँति व्यवहार कर गयी यह देख मुझे अच्छा लगा। कितना कठिन होता है स्त्री की वनस्पति की भूमि बदलना।

टैरेस पर आज जिस ढंग से मुझे सामने बैठालकर 'समर टारेण्ट्स' सुना रही थी, ऐसा उसने गत दो वर्षों में कभी नहीं किया था। कितनी कठिनाई हुई थी माधवी को वापस विश्वास के तट पर लाकर आश्वस्ति की बालू पर खड़ा कर देना। वह वाचन करते हुए स्वयं भी जान रही थी कि वह व्यर्थ है। अब अधिक वह अपने को छुपा नहीं सकती। मैं इस बार अन्तिम निर्णय के लिए ही आया था। मेरे लिये माधवी वही है जो माधवी के लिए निशीथ कभी था। मेरी इस बात से वह कितनी चौंकी थी।

"माधवी! तुमने भर्तृहरि का 'वैराग्य शतक' पढ़ा है?"

"तुम कहना क्या चाहते हो?"

"क्या अब भी भाषा के लिए कुछ बचा है?"

"तापस।"

और वह उपन्यास टेबल पर रखकर मुँडेर से सागर देखती कुछ सोचती-सी लगी।

"अपने से और जितना लड़ना हो वह भी पूरा कर डालो माधवी! — यदि तुम्हें मुझ पर विश्वास नहीं हो तो उसे भी कह डालो—मैं चेष्टा करूँगा कि हम लोग तब....."

और माधवी मेरे पार्श्व में आकर खड़ी हो गयी और अपनी तर्जनी मेरे ओंठों पर रखकर अपनी आँखों से मुझे सम्पूर्ण सौंपती-सी लगी। मैंने प्रथम बार उसे अपनी बाहुओं में घेर लिया, बल्कि अधिक अच्छा होगा कहना कि भर लिया।

"अपने को सच ही सौंप रही हो?"

और बिना कुछ कहे जिस समय वह गले में आँचल लेकर झुकने को हुई तब केवल चाभियों का गुच्छा एक क्षण को बोला। अनेक प्रकार की बन्धछवियाँ देखी थीं, पर वे सब काम भाव की थीं लेकिन दाम्पत्य भाव की बन्धछवि तराशती माधवी पैरो पर झुकी हुई थी।

"तुम्हें कोई परिताप तो नहीं है माधवी?"

"हम लोग कलकत्ता कब चलेंगे?"

और मेरी दोनों हथेलियों में माधवी नामक नारियल सुगन्ध दे रहा था।

•

आबार ऐशो !

दुर्गाबाड़ी से सन्ध्यारती के दर्शन करके लौट रहा हूँ। सच तो यह है, मैं न भक्त हूँ और न खास धार्मिक वृत्ति का व्यक्ति ही; परन्तु जब कभी इस तरफ की सदाशयी वृत्तियों के सम्पर्क में आना होता है तब जाने कैसी एक सुगन्ध का आभास मिलता है; परन्तु ऐसी पवित्रता के प्रति आसक्ति भी 'फिट' ही समझना चाहिए। दुर्गाबाड़ी की ओर आते-आते व्यक्तियों-परिवारों को प्रसन्न मुद्रा और भूषा में देखकर चलते हुए विविध चित्रों का भ्रम होने लगता है। उत्सव कैसा ही क्यों न हो, स्त्रियाँ और बच्चे ही उसकी भाषा होते हैं। रात्रि में होनेवाले नाटक एवं नृत्य के लिए अभी से जगह छेक लेने के लिए अनाम रिनू, टिनू, झूमा, झरना, बोऊमाँ, माशीमाँ सब कैसे उत्साह से रिबन बाँधे तथा पाँव में आलता लगाये चले जा रहे हैं। अनेक हैं जो दर्शन करके तेज-तेज घर लौट रहे हैं ताकि पत्नी-बच्चों के साथ समय पर अनुष्ठान में पहुँच जायें। एक उत्सव, एक कोलाहल आपके बगल से गुजरता है, पीछे से खिलखिलाता होता है, सुदूर में घण्टियों-सा टुनटुना रहा होता है और दुर्गाबाड़ी के मोड़ के बाद विलीन हो जाता है। लगता है न कि उत्सव मात्र में कैसी मानुषी गन्ध होती है।

आज नवरात्रि की अन्तिम तिथि है। कल देवी की विदा है, विसर्जनोत्सव होगा। कल यह पवित्रता घण्टे-घड़ियालों के बीच 'अबार ऐशो माँ!' की

आर्त्तता में विदा हो जायेगी। इस विचार से ही कैसा खालीपन लगने लगता है। नवरात्र का चन्द्रमा और उसकी यह प्रसन्न चाँदनी घरों, पथों पर खिली पड़ी है। पूरी कालोनी में भद्र निस्तब्धता अवश्य है परन्तु रह-रहकर सुदूर में लाउडस्पीकर की आवाज से एक लकीर खिंच-खिंच उठती है। आश्विन-आकाश में ग्रह-नक्षत्र कैसे घुले गहरे लगते हैं और जिनमें बच्चों की-सी आँखों की निष्कलुष पारद चमक प्रशान्त है। आबनूस भी कितना मोहक हो सकता है, यह आश्विन-आकाश देखकर ही समझ में आता है। आश्विन की इस दैवीय कृष्णता को यदि कोई काला कहे तो उसे भला क्या कहा जा सकता है?

फील्ड से सटी जो दीवार है, जो कि इस खेल के मैदान को सड़क तथा नाले से पृथक् करती है, यहाँ मैं यदा-कदा आकर बैठता हूँ। यहाँ बैठने पर सदा ऐसा लगता है कि प्रायः तो हम अपने कपड़ों को ही समेटकर बैठते हैं परन्तु ऐसे अकेले बैठते समय हम अपना अपनापन भी समेटकर बैठ रहे होते हैं। वैसे तो अकेलापन अपने में ही एक अप्रतिम अनुभव होता है परन्तु यहाँ बैठकर निर्जन खाली सड़क पर चिलबिल करते पेड़ों की छायाएँ देखना, बँगलों के उजालदानों से आती पीली रोशनी के लिए उपमा खोजते बैठे रहना काफी दिलचस्प लगता है। उस पर आकाश का असीम गुम्बद प्रायः लगता है कि आकाश अभी अपने ढीले-ढाले बड़े-से चोगे में सामने आकर बैठ जायेगा और आपको अकेले बैठे देख पूछेगा कि तुम्हें अकेलेपन से भय नहीं लगता? —सच, आकाश बहुत बातें करता है, पर इसके लिए नितान्तता चाहिए, अपनी भी। लेकिन यदि थोड़ी-सी भी आहट हुई तो वह स्त्रियों की भाँति चौंककर केवल अलग ही नहीं हो जायेगा बल्कि क्षणान्त में करोड़ों प्रकाश-वर्ष दूर चला जायेगा।

आज मैं बहुत-कुछ निश्चिन्त मनःस्थिति में ही था। पत्नी-बच्चे पूजा के लिए कलकत्ते चले गये थे। वैसे जाना तो मुझे भी था पर मेरे न जाने का सबसे प्रमुख कारण यह था कि मैं अपना अधूरा उपन्यास पूरा करना चाहता था। वैसे मैं जानता हूँ कि वह शायद पूरा नहीं कर पाऊँगा। वह इसलिए कि परिवार के न होने पर या तो घर काटने दौड़ता है और तब सिर्फ काफी-हाउस में गपबाजी अथवा किसी के यहाँ मसनद पर बैठे हुए

दुनिया-जहान एक करते रहना बहुत ही अच्छा लगता है.... या फिर घर को दाँतों से थामे रहने को मन करता है। कहीं जाने को मन नहीं होता है। केवल किताबों से घिरे रहना अथवा खिड़की की राह पीछे की कच्ची जमीन में से दाने खोजती चिड़ियों का अथक पुरुषार्थ देखते रहना या आकाश में अपने को भीगे वस्त्र-सा फैला लेना, खूब ही अच्छा लगता है। तब ऐसा लगता है कि एक एकान्त बाँशी बहुत ही मन्द स्वर में बज रही है और आपको पूर्ण तृप्ति मिल रही है। वैसे यहाँ मैं सम्भोग सुख की उपमा देकर बात स्पष्ट करना चाहता था परन्तु मुझे लगा कि शायद किसी को यह बात अभद्र लगे इसलिए नहीं कहा। इस बार मैं घर से निकलना ही नहीं चाहता रहा। गालिब की मन:स्थिति जैसी ही कि 'बैठे रहे तसव्वुरे जाना किये हुए।' परन्तु चलते समय पत्नी लगभग आदेश कर गयी थी कि मैं 'अञ्जलि' देना न भूलूँ। सो आज सवेरे अञ्जलि देने भी गया था और फिर मन हो आया कि आरती का दर्शन भी कर लिया जाये।

आज पूरी दोपहर उस उपन्यास से जूझता रहा। उपन्यास क्या, कहना चाहिए कि उसकी नायिका से माथापच्ची करता रहा। और हर बार यही लगा कि वह पर्दा थामे मुसकराते हुए अपरिग्रहा बनी खड़ी है। उसके नेत्रों में काजल नहीं बल्कि एक वाक्य अँजा पड़ा है कि क्या तुम मुझे सच ही लिखोगे?—और हर बार की भाँति मैं आज दोपहर भी विवश ही हुआ। वह मुझे एक अन्धे मुहाने पर ले जाकर खड़ा कर देती है, वह यह कि प्रेमिका होना एक बात है और उस होने की प्रतीति होना तथा करवा देना सर्वथा भिन्न बात है। प्राय: तो स्त्रियाँ, बमुश्किल तमाम बस स्त्रियाँ होती हैं, जिनमें से क्वचित् ही प्रेमिकाएँ बन पाती हैं और अपनी प्रतीति की सुगन्ध सौंप सकनेवाली तो अत्यन्त ही विरल होती हैं। किसी के मन या स्मृति के वस्त्रों में अपनी सुगन्ध को छोड़ जाना कितना कठिन होता है और सच तो यह है कि रोज के सांसारिक पचड़ों-खटरागों में किसी की ऐसी महीन, बारीक तथा कोमल सुगन्ध को अपनी स्मृतियों की तहों में सहेज-समेट रखना भी खाली परिश्रमसाध्य प्रक्रिया है। इत्रों के सहेजने जैसा ही है और इसके लिए सामन्ती व्यक्तित्व ही अपेक्षित है। सामान्यत: तो पुराने फोटो एलबम की तरह ही होता है कि उड़े-उड़े रंग-रूप के आभास-आकारवाले चित्र ही

शेष रहते हैं। कभी-कभार एक हलकी-सी ललक भी उठती है कि उस उड़ी, बीती सुगन्ध को बस पकड़कर थामे ही रहें। उसे अपने वस्त्रों पर, मन पर खूब सारा मल डालें। परन्तु तब तक दैनन्दिन, रोज हमारे सामने फिर आ खड़ा होता है। कटु यथार्थवाले रोज को सामने खड़ा देख हमारे मन की उत्सुकता कैसी पीली पड़ जाती है न? जब मन या देह स्मृति-प्रधान हो जाता है अर्थात् बुढ़ा जाते हैं तब जिस प्रकार हमारे पैर घर-आँगन के चिर-परिचित पथ तथा समतलता पर भी कैसे सम्हल-सम्हलकर चलने लगते हैं, उसी प्रकार अपनी स्मृति की तहों में अनायास कोई ऐसी प्रतीति-सुगन्ध का झोंका आ जाता है तब कुछ देर के लिए ही सही, वैसी कैशोर्य ताजगी आ जाती है और हम अपने प्रकम्पित हाथों से उसे छूना ही नहीं चाहते बल्कि वे हाथ ही जैसे हमारी भाषा बनकर उस अमूर्त देह पर लिख उठने को आकुल हो जाते हैं। कैसा मन करता है न कि जैसे हठात् तीस वर्ष पुराने फोटो में अपने सारे काले बाल देख लिये हों और हम आकुल हो उठें। एक गुलाल भाव पूरी देह में, मन में सम्पन्न होने लगे। जैसे यह प्रतीति-सुगन्ध पितृपक्ष के अल्प दिनों में खिलनेवाली गुलमेंहदी है जो अपनी धरती पर पाँखुरी-उत्सव फैलाकर कैसी अनुष्ठान बनी हुई है। इन कागजी पतले फूलों को देखकर लगता है न कि रात्रि के किसी समय, बिना कोई आहट किये प्रिया आयी थी। प्रिया आगमन की ये पंखुरियाँ कहीं बिखर न जायें, यह आशंका ही हमें हरश्रृंगार-सा झकझोर जाती है। बारम्बार उस उधूरे उपन्यास की नायिका के सन्दर्भ में जब मेरा मन पुराने टसर की भूषा-सा कल्याणी के स्मरणमात्र से सुगन्धित हो आया तो देखा कि आँगन में गुलमेंहदी अपनी छोटी-सी पादप-भूमि पर पहाड़ी कलम से उकेरी गयी किसी रागिनी का चित्र लग रही है। इस 'दुईपाटी', इस गुलमेंहदी को भला क्या कहता? मनुष्य का मन भी क्या है कि वह न व्यक्ति देखता, न स्थान। कुछ देर पहले ही आरती के समय प्रतिमा कब देवी से कल्याणी हो गयी, समझ ही न सका। मुझे अपने पर ग्लानि ही हुई कि जीवन के इस उत्तरकाल में लोगों में भक्ति भाव जाग्रत होते सुना है और एक मैं हूँ! न जाने कितनी आसक्ति मुझमें कल्याणी को लेकर अभी भी है। हे प्रभु! क्या मैं कभी इस जंगल में से मुक्त हो भी सकूँगा?

कल्याणी!

हाँ, कल्याणी; मन के निभृत एकान्त में वर्षों तक सूम के धन की भाँति जिसकी स्मृति को अपनी पृथ्वी में गाड़े उस पर साँप-सा बैठा रहा। परन्तु कहते हैं न कि लक्ष्मी धरती के भीतर भी चलती है। वैसे ही चलते हुए कल्याणी मेरी पकड़ से निकल, मेरी धरती को फोड़कर आज जब हठात् ऊपर आ गयी तो स्वीकारना पड़ रहा है कि कल्याणी मेरी प्रेमिका थी, या है, या जो भी आप कहना चाहें। अब न मेरे लिये और न कल्याणी ही, किसी के लिए भी कुछ फर्क नहीं पड़ने का। जब तक समाज का दबाव हम पर होता है तब तक हम गोपन व्यवहार करते होते हैं परन्तु जब हमारा दबाव समाज पर हो जाता है तब समाज गोपन व्यवहार करने लगता है।

वैसे आप उत्सुक या उत्साहित न ही हों तो अच्छा है, क्योंकि हमारा प्रथम साक्षात् ही नहीं बल्कि हम अलग भी अत्यन्त सामान्य रूप में, सन्तुलित मन:स्थिति में ही हुए। थोड़े-बहुत आकार-प्रकार का अन्तर भले ही हो परन्तु था सब-कुछ सामान्य ही। भावनाएँ निश्चित ही तीव्र थीं परन्तु विशिष्टता अवश्य रही कि हमने कभी भावुकता को ऐसा प्रदर्शित नहीं होने दिया कि कालान्तर में स्वत: ही हास्यास्पद लगे, जैसा कि होता है। शायद इसीलिए कभी कटुता भी नहीं आयी। यह ठीक है कि आरम्भ में थोड़ा खिंचाव लगा जो स्वाभाविक भी था परन्तु आपसी समझ के कारण अपने-अपने विवाहों के बाद हमारे परिवारों में क्रमशः ईर्ष्या ही बढ़ी। जब कभी बरस-दो-बरस में हमारे परिवार एक-दूसरे के अतिथि बनकर आते-जाते तो किसी ने उसमें कोई अतिरिक्त अर्थ या अन्यथा सन्दर्भ ढूँढ़ने की चेष्टा नहीं की। सुखी, सन्तुष्ट, सन्तुलित एवं सफल व्यक्तियों, परिवारों की जो भी पहचान हो सकती है वह हमारे परिवारों में रही है। अब यह बात अलग है कि कभी-कभार चटखारे के खयाल से मेरी पत्नी ने या कल्याणी के पति ने डाइनिंग टेबल पर नाश्ते के समय या डिनर पर या कल्याणी ने घूमने जाने के समय मेरे रूमाल में भी अपना सेण्ट, जो कि उसे मालूम है कि वह गन्ध मुझे प्रिय है, लगा दिया हो तो उस पर छींटाकशी कर दी हो। पर यह तो एक प्रकार का खुलापन ही है। ऐसी बातों में भी अतिरिक्त अर्थ खोजने बैठा जाये तो जीना ही दूभर हो जाये।

गर्मियों की दोपहर में जब कभी ताश होती तो नियमतः मैं और कल्याणी पार्टनर होते तथा मेरी पत्नी और उसका पति दूसरी ओर होते। कल्याणी को कभी ताश की तमीज नहीं आयी परन्तु उत्साह सबसे अधिक होता। खैर, हारना-जीतना तो जो होता सो होता ही, पर पूरे पत्ते मिल जाने पर अपने पत्ते देख जाने के बाद जिस भाव से कभी-कभी देखने लगती है उसमें ऐसा लगता कि वह खेल के बारे में या पत्तों के बारे में नहीं बल्कि कुछ अन्य ही कह रही है। शायद किसी पुरानी बात की पुनरावृत्ति कर रही है। मुश्किल यह है कि प्रत्येक स्त्री की अपनी भाषा-शैली, वाक्य-रचना ही नहीं बल्कि व्याकरण तक भिन्न होता है जिसका आपके व्याकरण से दूर-दराज का भी सम्बन्ध नहीं होता। हम-आप लाख मानें कि वर्षों बाद किसी के लिए इतने पीछे, कब और कहाँ तक लौट पाना सम्भव है? भले ही यह कामना कितनी ही रूमानी क्यों न हो कि प्रिया के साथ आप कम्पनी गार्डन की एक एकान्त बेंच पर बैठे हुए फूलों की क्यारियाँ देखते हुए किसी निजी वाक्य की मिठास भोग रहे हैं। फाल्गुन आपके चारों ओर पंख फड़फड़ाते कबूतर-सा हवा में चित्र बना उड़ रहा है—और हठात् आपने पहली बार प्रिया का प्रकम्पित हाथ अपने हाथों में गह लिया—इतने वर्षों बाद यदि ऐसा ही आमन्त्रण पुनः किसी की आँखों में आपको दिखे तो आप वैसा महसूस करेंगे?—मुझे प्रायः असुविधा हुई है कि खेल-खेल में कल्याणी यह यथार्थ कहाँ से ले आयी? और अब इस प्रकार की भावुकता का क्या प्रयोजन है? परन्तु कल्याणी में एक अजीब प्रकार का आत्मविश्वास है कि उसे इस प्रकार देखने में न अन्यथा, न झिझक, न संकोच, न अप्राकृतिक, कुछ भी तो नहीं लगता। उसका पति या मेरी पत्नी कुछ सोच सकते हैं। शायद उसे इसकी भी कोई चिन्ता नहीं होती। जबकि उसको देखकर यही लगता कि जैसे वह कह रही है कि यदि ये लोग हैं तो क्या वह नहीं है? वह दूसरों के लिए यदि प्रायः होती है तो क्या कभी अपने लिये नहीं हो सकती? या नहीं होना चाहिए? और यदि अपना होना व्यक्त करते समय दूसरे अनुपस्थित होने की आधारभूत शालीनता नहीं बरतते तो वे जानें। और इसके लिए कोई कब तक अपना होना व्यक्त न करे?

अनेक बार कल्याणी को ऐसे मुग्ध भाव से देखते हुए मैंने ही नहीं, उन दोनों ने भी देखा है। शायद कुछ चौंके भी हैं परन्तु कल्याणी के लेखे

कहीं कुछ नहीं। वह तो निर्व्याज व्यक्त होती बैठी होती है। शायद इसीलिए उसमें कुछ छल भी नहीं होता। एक स्पष्ट पारदर्शिता ही होती। स्त्रियाँ, एक सीमा के बाद जब सारी स्थितियाँ उनकी पकड़–पहुँच में आ जाती हैं तब वे पुरुषों से अधिक आश्वस्त एवं निर्द्वन्द्व हो जाती हैं। जबकि कैसा ही पुरुष अपनी सारी प्रभुता के बाद भी कुछ–न–कुछ निरीह रहता ही है। परन्तु मैं कल्याणी के प्रति अन्याय ही करूँगा यदि यह नहीं बताता कि ऐसे देखने में उसका कोई अतिरिक्त संकेत–जैसा कुछ नहीं होता। एक ऐसी सहजता जैसे वह अपनी देह वहन कर रही है। यह शायद उसकी प्रकृति है कि जब वह देखती है या कुछ भी करती है तो उसमें एकाग्र सम्पूर्णता ही होती है। दुराव या दुरभि न तो उसके स्वभाव में है और न उसके चरित्र में। वह प्राय: कहा करती थी कि यदि वह मुझसे विवाह न कर सकी तो अपने पति को मेरे बारे में सब–कुछ बता देगी। मैंने उसे ऐसी नादानी न करने के लिए ही कहा होगा परन्तु स्त्री अपने ढंग से ही वाक्य–रचना करती है। मुझे कोई आश्चर्य नहीं होगा यदि वह सब–कुछ नहीं तो बहुत–कुछ पति को बताये बैठी हो। वैसे पढ़ा–सुना तो यही है कि स्त्रीमात्र में आत्मसुरक्षा की प्रवृति वैसी ही प्रकृत्या होती है जैसी कि कुछ जीवों को तैरना प्रकृत्या आता है। इसीलिए वह ताश के पत्तों के पीछे से देखते–देखते सहज ही अतीत से वर्तमान में निर्भाव लौट भी आती है। लेकिन उस क्षण तो ऐसा लगता है कि जैसे मत्स्यगन्धा और पराशर नाव में बैठे हैं और बाकी के यात्रियों तथा उनके बीच धुन्ध छा गयी है। नहीं, बल्कि ऐसा भी लगता कि जैसे वह अपने प्रसाधन–कक्ष में निश्चिन्त है और मैं अनायास उपस्थित हो गया हूँ। दोनों हाथ पीछे किये वह अपनी ब्रेसरी का हुक ठीक कर रही है या बाहरवाला पेटीकोट सिर ऊपर से पहनने को गले में डाले है और घरवाला नीचे गिरा पड़ा है। या बाहरवाला जूड़े के किसी काँटे में अटक गया है जिसे वह ऊँचे हाथ होने के कारण सिर हिला–हिलाकर छुड़ा रही है। ऐसे गोपनीय एकान्त के अवसर पर भी मेरे उपस्थित होने के प्रति 'कोई बात नहीं' का ही भाव उसके किंचित् झिझकते–हँसते नेत्रों में होता है। एक और भी, कि उस दृष्टि में मुझे कभी–कभी ऐसा भी लगा है कि जैसे एक उपालम्भ भी है कि —'बस'?

परन्तु उपन्यास की नायिका से अधिक यह मेरी नायिका हठात् कैसे

और क्यों इतने विशद रूप में मुझे घेर बैठी? समय का पता ही नहीं चला न? बहुत देर तो नहीं हो गयी होगी। वैसे आश्विन, सन्धिमास है परन्तु इस वर्ष वर्षा की अधिकता के कारण जल्दी ही ठण्डक आ गयी लगती है। साथ ही इस वर्ष कीड़े भी कुछ अधिक ही हैं। यों भी इन दिनों खम्भों के पास से निकलना मुश्किल ही होता है। बिजली से इतनी दूर होने पर भी कीड़े कैसे टूटे पड़ रहे हैं। यदि कल्याणी के बारे में न सोच रहा होता तो घर लौटकर उपन्यास की नायिका से ही कुछ कहता-सुनता। शायद वह वैसे ही पर्दा थामे मेरे लौटने की प्रतीक्षा कर रही होगी। स्त्री, वह चाहे कोई हो, यथार्थ या काल्पनिक, पहले स्वयं प्रतीक्षा करती है परन्तु बाद में प्रतीक्षा करवाती है। जो हो, आज जब मैं सोचता हूँ कि कल्याणी क्यों मेरी नहीं हो सकी तो यह लगता है कि उन दिनों उसको लेकर मेरे मन में जो प्रेम था वह प्रेम से अधिक सम्मान नहीं तो प्रशंसा भाव ही अधिक था। और इन दिनों उसको लेकर मेरे मन में जो पुन: आकर्षण उपजा है तब लगता है कि कल्याणी को अब प्रेम नहीं, सम्मान या प्रशंसा भाव चाहिए जबकि अब मैं उसे प्रेम ही दे सकता हूँ। तो क्या इसीलिए कल्याणी मेरे लिये सदा अप्राप्य रहेगी? और यह क्या मुझे मान लेना चाहिए? परन्तु मनुष्य क्या तर्क से सदा विवेकी बातें मानता आया है जो मैं ही मान लूँगा? काश, कभी कल्याणी को अपना यह सारा संकल्प-विकल्प खोलकर बता सकता होता। परन्तु आज यह कल्याणी की चर्चा चली कैसे? जबकि उपन्यास की नायिका से कल्याणी का सम्बन्ध भी नहीं है। लेकिन ऐसा प्राय: हुआ है कि आप फूल देख रहे हैं या आकाश अभी देखना आरम्भ ही किया है कि लगता है, केश खोले कल्याणी पार्श्व में खड़ी है। प्राय: हँसा हूँ कि यह मानवीय प्रवृत्ति भी क्या है कि अप्राप्य के पीछे ही भागती है। जरूर इसमें कुछ सुख मिलता होगा। नहीं तो आदि काल से यह सब क्यों होता? मनुष्य को मृग नहीं, स्वर्णमृग चाहिए।

घर के निकट पहुँचते ही मेरा माथा ठनका कि मेरे कमरे से यह प्रकाश कैसा आ रहा है? पत्नी के लौट आने का प्रश्न ही नहीं था। तब? मेरे कमरे का जहाँ तक सवाल है सिवाय मेरे और पत्नी के उसमें कोई नहीं जाता, बच्चे भी नहीं। इसका कारण यह नहीं कि वहाँ कोई हीरे-मोती रखे हुए हैं। असल में यह मेरा अध्ययन-कक्ष है, जहाँ कागजों-किताबों का ऐसा

अम्बार है तथा इतनी व्यवस्था है कि उसे दूसरा कोई यदि भूल से ही अपनी सदाशयता में व्यवस्था देने की कृपा कर बैठे तो मेरी सारी नियोजित अव्यवस्थात्मक व्यवस्था भी गड़बड़ा जाये। जो कागज, जो किताब जहाँ है वह उसी प्रकार वहाँ है जैसे कि लन्दन, लन्दन की जगह है और हिमालय, हिमालय की जगह। इन्हें हटाकर जरा देखिये कि क्या नतीजा निकलता है? इसलिए नौकर भी पत्नी की उपस्थिति में ही आवश्यक सफाई कर सकता है। तब भला ऐसी स्थिति में मेरे कमरे से प्रकाश आने का अर्थ? चिन्ता से अधिक जिज्ञासा हुई।

कालबेल बजायी। बरामदे का भारी परदा हटाकर भोला को न दरवाजा खोलना चाहिए था—पर नहीं, वह नहीं था। तब कौन?

"अरे, कल्याणी?"

कल्याणी की भूषा ही नहीं, व्यक्तित्व तक से यात्री होने का परिचय मिल रहा था।

"हाँ, क्यों? चौंके क्यों?"

"कुछ नहीं, पर तुम? कैसे?"

"कैसे क्या! क्या मैं यहाँ नहीं हो सकती हूँ?"

"नहीं। तुम यहाँ क्यों नहीं हो सकती! फिर भी !! कहीं ऐसा तो नहीं कि मैं ही लखनऊ में होऊँ या......."

कल्याणी दरवाजे की चौखट में मध्यकालीन नायिका के आदमकद अप्रतिम चित्र-जैसी लग रही थी।

"या क्या?"

"या? हाँ, पता नहीं, मैं क्या कहना चाहता था।......कभी-कभी किसी के बारे में इतना सोचना कितना सच हो जाता है न? मैं पता नहीं क्या कहना चाहता रहा।"

"किसके बारे में सोचना सच निकला? कहीं मेरे बारे में तो नहीं? खैर, तुम जो भी कहना चाहते रहे होगे वह नहीं।"

स्त्री कितनी जल्द पुरुष में अपनी गन्ध सूँघ ले जाती है। सहज होते हुए मैंने पूछा :

"वो भोला को क्या हुआ?"

"क्यों? भोला को क्या होना था? वह खाना बना रहा है, और क्या?" वह मुझे मार्ग देती आगे थी। मैंने छड़ी टाँगते हुए देखा कि वह लौटकर गयी और परदा ठीक कर दरवाजा बन्द कर रही है। जिस अप्रयास भाव से उसने स्वागत किया, परदा ठीक किया और दरवाजा बन्द किया उसमें वह तो यहाँ थी और मैं ही आया लग रहा था। स्त्री को संकोचते और फैलते दोनों में देर नहीं लगती। कैसा अविश्वसनीय लग रहा है कि जिस समय फील्ड पर बैठा हुआ मैं इस कल्याणी के बारे में सोच रहा था उसी समय वह यहाँ, इसकी मैं कल्पना ही नहीं कर सकता था। मुझे लग रहा है कि कहीं अवश्य भूल हुई है। यह कैसे सम्भव है कि कल्याणी बिना किसी पूर्व सूचना के आ जाये। वैसे यह असम्भव नहीं है, जो कि सिद्ध ही हो गया, पर अतार्किक अवश्य है। पर शायद स्त्री के सन्दर्भ में तर्क करना स्वयं ही अतार्किकता है। कल्याणी सामने की कुर्सी पर बैठते हुए इस भाव से बोली जैसे कि उसके हाथ में बुनायी है और वह फन्दे गिनते हुए साधारण-सी रोजमर्रा की कोई बात पूछ रही है।

"मेरे हठात् आ जाने को लेकर परेशान हो न? शायद असुविधा भी हो रही होगी।"

कल्याणी ने जैसे मुझे रँगे हाथों पकड़ लिया। उसकी इस बात से सहमत होना तो बहुत ही छोटापन होता परन्तु असहमत होने के लिए भी तो आधार चाहिए। और मनुष्य, चाहे वह कोई हो, न तो इस प्रकार हठात् पकड़ा जाना ही पसन्द करता है और न ही पकड़े जाने पर स्वीकारना।

"नहीं तो, असुविधा की क्या बात है इसमें? यह भी तो तुम्हारा ही घर है।"

"सच!"

और किंचित् आँखें फैलाकर जिस प्रकार वह हँसी उसमें मुझे लगा कि जैसे उसने मुझे बोतल में बन्द कर दिया है या फिर अपनी तर्जनी और अँगूठे के बीच पकड़कर बता दिया है कि इतनी ही तुम्हारी हैसियत है, क्यों बनते हो? मैं उसके पति और सम्भवत: बच्चों के बारे में पूछता पर वह तो बाढ़ लग रही थी। एकदम दो कदम आगे—

"औपचारिकता में तुम जिन लोगों के बारे में पूछना चाहोगे उनमें से कोई भी साथ नहीं है। वे सब कुशल से हैं। हाँ, मैं अकेली ही आयी हूँ।"

उसने एक साथ इतनी चालें चल दी थीं कि मेरे पास अभी ठीक तरह से चलने के लिए पहली चाल ही नहीं थी। बोला :

"अकेली?"

मेरा खयाल था कि मेरे इस पूछने में कहीं भी घबराहट नहीं होगी। परन्तु न जाने कैसे बूझ ले गयी और बोली :

"घबराओ नहीं। सवेरे ओबरा के लिए गाड़ी लूँगी। वैसे रिटाइरिंग-रूम में जगह भी थी, रुक भी सकती थी परन्तु इस प्रकार अकेले स्टेशन पर पड़े रहना बड़ा अनाथ लगता है न कि इतनी बड़ी दुनिया में आपका कोई नहीं है। और फिर भ्रम तो है ही कि अगर तुम्हें कभी मालूम हो गया तो शायद यह तुम्हें बुरा लगे।"

इतनी ही देर में मेरे चारों ओर अच्छा-खासा जाला बुना जा चुका था। वह 'सूर्या' का ताजा अंक देखने लगी जिसमें मन्त्री-पुत्र 'ब्लू फिल्म' के नायक बने हुए थे। कल्याणी जिस प्रकार निश्चिन्त दिखायी दे रही थी उसमें उससे प्रश्न करना सम्भव ही नहीं था। और फिर मेरा तो यही अनुभव है कि पूछे जाने पर स्त्री अपना नाम क्या छाया भी नहीं दाबने दे सकती है परन्तु यदि आपमें धैर्य है तो वह आपकी अँगुलियों के बीच विनम्र जल-सी बिछल जायेगी और सम्भव है कि स्पर्श के सुख से आपको ओत प्रोत भी कर दे।

खाना खिलाकर भोला के चले जाने के बाद कल्याणी घर और घर की वस्तुओं के बीच ऐसे खड़ी थी जैसे वह रोज यहाँ ऐसे ही खड़ी रहती है और लगा कि चीजें भी उसे स्वामिनी के रूप में ही ताकती मौन हैं। स्त्री में यह एक अजीब सहजता होती है कि उसे स्थान, परिस्थिति और व्यक्ति किसी को भी स्वीकारने में विशेष असुविधा नहीं होती जबकि पुरुष अभी यही सोचता होता है कि इस हाथ को कहाँ रखूँ या यह तौलिया इस घर में कहाँ टाँगना ठीक होगा, परन्तु स्त्री अपनी छठी इन्द्रिय से सही-सही चीनी के डिब्बे पर ही हाथ रखेगी। वह बोली :

"तुम्हें काम करना होगा न? इधर क्या लिख रहे हो? मेरी चिन्ता मत करो, मैं यहाँ ड्राइंगरूम में ही सो जाऊँगी।"

कितने विभिन्न स्तरों पर वह बात चला रही थी।

"नहीं, तुम ड्राइंगरूम में क्यों सोओगी? मैं तो अभी थोड़ा काम करूँगा। तुम आराम से बेडरूम में सोओ।"

उसने मेरी बात का उत्तर न देकर पूछा :

"क्या लिख रहे हो आजकल?"

"उपन्यास। देखो पूरा हो जाये।"

"इस बार किसकी शामत है?"

"क्या मतलब?"

सच, मैं कल्याणी की बात सहसा नहीं समझ पाया, परन्तु क्षणान्त में ही उसकी बात में निहित व्यंग्य कौंध गया। मैं ही बोला :

"तुम क्या सोचती हो कि लेखक हमेशा अपने जीवन में आयी......."

बीच में ही मुझे टोकते हुए वह बोली :

"चलो, मान लेते हैं कि ऐसा नही है पर यदि हो भी तो क्या बुरा है? आखिर लोग लेखक के जीवन में आते क्यों हैं?"

"इसका मतलब कि लेखक के जीवन में कोई आये ही नहीं?"

"किसी को आने से कोई रोक कैसे सकता है? घर में दरवाजा किसलिए होता है?"

"कल्याणी, तुम नहीं जानती कि मैं...."

फिर हठात् टोका :

"भगवान् के लिए वे बातें न दुहराना कि लेखक स्त्री का सम्मान करता है।

स्त्री महान् होती है।"

"मैं लेखकों की बात नहीं करता परन्तु अपनी बात तो कह ही सकता हूँ कि...."

"छि:-छि:, क्या तुम किसी दिन सच नहीं बोलोगे?"

"यह मेरा कितना बड़ा दुर्भाग्य है कि मैं तुम्हें कभी विश्वास नहीं दिला सका कि...."

"बीते पर परिताप करने से लाभ?......स्त्री के प्रति श्रद्धा, सम्मान आदि बातें एक उम्र तक कहना-सुनना कितना अच्छा लगता है, तब जीवन को हम किताब समझ रहे हैं न?"

"हे भगवान्, मैं भी कैसी हूँ। अभी तुम कह चुके हो कि तुम्हें लिखना-पढ़ना है और मैं औरतों की भाँति जुएँ मारने लगी।"

"जुएँ मारने?"

"और नहीं तो क्या? जिन बातों पर विश्वास न हो उन्हें कहते-सुनना बैठना जुएँ मारने जैसा ही तो है।"

"पहले तो तुम इस तरह की बातें नहीं करती थी।"

"तो आज के पहले चालीस की हुई भी कब थी?"

फिर भी उसका हाथ जूड़ा ठीक करने लगा। शायद कोई काल्पनिक काँटा निकल आया था।

"सच ही तुम चालीस की हो गयी?"

"हाँ, थोड़ा समय ज्यादा तो लगा पर आखिरकार हो ही गयी....क्या बहुत लेट हो गयी? मेरा खयाल है, अब तो मैं खासी रेस्पेक्टेबल लगने लगी हूँगी, नहीं क्या?"

और वह ढेर-सी खिलखिला आयी। मुझे लगा कि कल्याणी साधारण नहीं रह गयी है। कहीं कोई शूल चुभा है जो गहरे धँस गया है। निकालने के प्रयास में प्राय: कनी टूट जाती है और धँसी रह जाती है। जरा-सा दबाव पड़ने पर पियराने लगती है। मैंने शायद बात समाप्त कर देने के लहजे में कहा :

"क्या कल जाना बहुत ही जरूरी है?"

"जाना तो जरूरी है। कल से उसका सम्बन्ध हो भी सकता है। सोचकर तो यही आयी हूँ।"

"तुम ओबरा क्यों जा रही हो?"

“ओबरा? ....शायद मैं नौकरी करना चाहती हूँ।”

“शायद! क्या मतलब? और तुम नौकरी क्यों करना चाहती हो?”

“कोई नौकरी क्यों करता है?”

“तुम नौकरी करो, ऐसी क्या आफत आ गयी है?”

“क्या नौकरी आफत आने पर ही की जाती है?”

“कम-से-कम तुम्हारे सन्दर्भ में ऐसा सोचना बहुत गलत भी न होगा।”

“क्या मुझ पर कभी कोई आफत नहीं आ सकती?”

“ऐसा अशुभ क्यों सोचती हो? देखो कल्याणी! यह हठात् आना, अकेले आना, नौकरी के लिए ओबरा जाना—यह सब क्या है?”

“इसमें रहस्य कुछ भी नहीं है।”

“तब फिर?”

“तब फिर क्या?”

“मेरा मतलब है कि सारी बातें खोलकर बताती क्यों नहीं हो?”

“कोई पूछे तब न कोई बताये?”

“अच्छा बताओ! क्या बात है?”

“क्या बताऊँ? सब तो कह चुकी। क्या बताया नहीं कि हठात् आयी हूँ, अकेली आयी हूँ और नौकरी भी करना चाहती हूँ।”

“लेकिन क्यों?”

“क्यों क्या? बच्चे बड़े होकर अपने-अपने काम में लग गये। इतने लम्बे दाम्पत्य के बाद सभी जानते हैं कि पति-पत्नी में आकर्षण रह ही नहीं सकता, तब क्या हो? मुझे लगा कि सम्पन्न वर्ग की महिलाओं की सबसे बड़ी समस्या उनका खाली समय ही है। शृंगार-प्रसाधन हो गया। पार्टियों में हा-हू कर लिया—

उसके बाद? और क्या रोज-रोज उस सबसे जी नहीं घबरा उठेगा। एक सीमा

के बाद इन सबसे मन भी तो वितृष्ण हो जाता है। गहनों, कपड़े-लत्तों, मार्केटिंग को लेकर कोई कितना माथा फोड़े। सवाल तो है कि उसके

बाद क्या? ड्रेसिंग टेबल के सामने एक बार खड़े रहो तो वही बात और दस बार देखो तो वही बात। नाक, नाक ही रहेगी, आँखों को खींचकर तो बढ़ाया नहीं जा

सकता। और फिर हो गया जो होना था। आखिर कब तक? पुरुष तो अपने

काम-काज में बसा रहता है। इष्ट-मित्र हैं। बाहर थोड़ा बौद्धिक वातावरण मिल ही जाता है। पर स्त्री क्या करे? वही-की-वही मिलनेवालियाँ हैं। किधर ही से देखो मिसेज कपूर, मिसेज कपूर ही रहेंगी। श्रीमती साहनी को मरने के दिन तक अपने पद्‌मिनी होने का गुमान कम तो होने से रहा। मुसीबत तो उसकी है न जो इस विषमता को समझती है, ऐसी मन:स्थितिवाले को ही खालीपन लगता है।'' मैंने कहा,

''क्यों? करने को क्या नहीं है? कितने सारे...''

''भगवान् के लिए सामाजिक सेवा-कार्यवाले किसी चोंचले का सुझाव मत देना। इन चोंचलों से बड़ा कोई दूसरा छल नहीं होता।''

''लगता है, बहुत अनुभवों से गुजरी हो।''

''कोई खास तो नहीं। परन्तु स्त्री होना भी एक खास खतरनाक अनुभव में से गुजरना ही है।''

''लगता है, स्त्री होना पसन्द नहीं आया।''

''बिलकुल भी नहीं । एक दिन स्त्री बनकर देख लो। एड़ी- चोटी का पसीना एक न हो जाये तो कहना।''

''इसके पहले तो तुम कभी ऐसी बेबाक बातें नहीं करती थी।''

''हाँ, मेरी फैकल्टी जरा देर से ही विकसित हुई। हो गयी, यही क्या कम है। प्राय: तो अविकसित दशा में ही लौट जाती हैं।''

''सच-सच बताओ क्या बात है? क्या है, जो तुम्हें चुभ रहा है?''

कुछ क्षण को वह रुकी जैसे जल की गहनता जान ले तब पैर बढ़ाये। बोली :

''तुम किस अधिकार से यह पूछ रहे हो? स्त्री अधिकार के बिना जब शरीर तक स्पर्श नहीं करने देती तब मन? मन को दिगम्बर करना कितना

खतरनाक होता है...सच, मुझे तुमसे बहुत डर लगता है।''

'मुझसे, डर?..क्या इसीलिए अकेली आयी हो?''

''नहीं, आयी तो जाने के लिए हूँ।.... हाँ, मेरी एक बात का जवाब दोगे? झूठ नहीं, एकदम सच। भाषा नहीं चाहिए, जवाब चाहिए।''

''पता नहीं तुम क्या पूछना चाहती हो और पूछने के लिए तुमने एक बड़ी शर्त रख दी है कि भाषा नहीं चाहिए। पता नहीं तुम किसे भाषा समझो और किसे जवाब?''

''अच्छा, समझौता कर लेते हैं कि तुम जवाब देने की पूरी चेष्टा करोगे और मैं उसमें से भाषा के छिलके निकाल फेंकूँगी। है न?''

''जैसा तुम ठीक समझो।''

''स्त्री तुम्हें और क्या दे कि तुम लोग उसे भी मनुष्य समझ सको?''

क्या मैंने गीले हाथों से स्विच छुआ था? कल्याणी को मैंने विविध शृंगार में देखा है। जूड़े में वह खिल उठती है। चोटी में वह दक्षिणास्थ अधिक लगती है। नाक में लौंग पहन लेने पर उसमें एक अजीब आकर्षण आ जाता है। परन्तु

इस समय यह जैसी है, लगभग निरलंकार ही, पर लगता है कि आँच बहुत तेज लग रही है। क्या मेरे पास बल्कि किसी के पास भी, इसका कोई उत्तर है? मुझे लगा कि यह प्रश्न नहीं, विचार है। उत्तर, प्रश्न का होता है, विचार का नहीं। और वह भी ऐसा विचार जो चुनौती ही हो सकता है। यह अभिप्रेत है, मात्र अभिप्राय नहीं। किसी गुफा में पहुँच जाने पर साँस की भी प्रतिध्वनि आने लगती है जैसे गुफा भी साँस ले रही हो। अत्यन्त निष्णात व्यक्ति ऐसा ही होता है। यहाँ तक पहुँचने में कल्याणी किस-किस वेदना, अनुभवों से नहीं गुजरी होगी। प्राप्ति का अर्थ ही है क्रमशः अकेले होते जाना। इस स्थिति से सामान्यतः तो कतराना ही ठीक होता है क्योंकि इससे अधिक दिगम्बरत्व और क्या हो सकता है? चाहे हम हिम के रास्ते से जायें या अग्नि के—हाहाकार से बचना नहीं हो सकता। और जब ऐसा हाहाकार अहोरात्र वहन करना पड़े तब गोत्र, सम्बन्ध, भावनाओं का क्या अर्थ है? इसीलिए वैराग्य, शिखासूत्र की पहचान को भी उतार फेंकता है। कल्याणी यदि आपको तुच्छ नहीं समझती है तो वह उसका शील है। लेकिन अप्राप्यता

के जिस स्थान को उसने प्राप्त कर रखा है उसके लिए मन और देह दोनों का उसने मूल्य चुकाया है।

उसे अब मेरे न तो प्रेम, न सम्मान, न उत्तर, किसी की भी आवश्यकता

नहीं रह गयी है। स्त्री आपको यदि धारण करने पर आ जायेगी तो अलंकार

बना लेगी, नहीं तो टूटे बाल-सा अंगुलियों में लपेट फेंक देने में भी उसे

कोई संकोच नहीं होगा। दूसरे दिन जाना उसने केवल शाम तक ही स्थगित किया। सच तो यह है कि मैं कहता तो एकाध दिन को ही सही, रुक सकती थी परन्तु

ऐसे कहने का अर्थ कल्याणी के सन्दर्भ में क्या अर्थ रखता? कुम्भ नगरवाले वीरान पड़े मैदान से गुजरते हुए वह कितने सहज ढंग से बता गयी कि उसके इस नौकरीवाले निर्णय को भी उसके पति ने अखबार के एक समाचार-जैसा ही लिया। सम्बन्ध साथ का नहीं होता, मन का होता है। अधिकांश तो जीवनभर केवल साथ रहते हैं।

शाम को हम लोग विसर्जनोत्सव देखने गये। सरस्वती-घाट पर रंगीन तथा मूल्यवान् कपड़ों की अच्छी-खासी भीड़ थी। कल्याणी जिस भाव से यमुना कगार से नीचे नौका तक ले जाती प्रतिमाओं को देख रही थी उसे अन्यमनस्कता नहीं कहा जा सकता। एक प्रकार से वह असंगता ही थी। नौकाओं में विभिन्न प्रतिमाओं का ले जाया जाना, फिर यमुना की मध्य धारा में तिरोहित होना तथा किनारे पर माँ! आबार ऐशो! (माँ! फिर आना) की आर्त्तता-सबको वह सूर्यास्त की भाँति ही देखती स्वयं प्रतिमा लग रही थी-देवी की न सही तो मानुषी प्रतिमा तो वह थी ही। कहीं किसी प्रकार की कोई प्रतिक्रिया नहीं थी। रह-रहकर उसकी रात की एक बात याद आ रही थी। जब मैंने उससे पूछा था कि तुम्हारा दाम्पत्य जीवन वर्षों से इतना 'कोल्ड' था तो इसका आभास तुमने कभी क्यों नहीं होने दिया? तो वह कैसा कराहने के जैसा हँस पड़ी थी। उसके जवाब से अधिक सटीक इस बारे में कुछ हो भी नहीं सकता था कि, सब जानते हैं कि पति-पत्नी के बीच शरीर-सम्बन्ध ही आधारभूत होता है, पर उसका आभास कोई किसी

को देता है? अनुमान करना पड़ता है। यह संसार अनुमान ही तो है। उसका निष्कर्ष था कि कोई यदि जीवन-भर पति-पत्नी ही बने रहे तो बिखर उठने के अलावा कोई दूसरी नियति नहीं है। प्रत्येक टँगे शीशे को धरती का गुरुत्वाकर्षण एक-न-एक दिन अपनी ओर खींच ही लेता है और उस दिन शीशा झनझनाकर बिखर उठता है।

ट्रेन के कम्पार्टमेण्ट में वह बड़ी सुखद एवं विशद लग रही थी। उसके पूरे व्यक्तित्व में कहीं कोई विकल्प नहीं था। मैंने उसे एक बार फिर आर-पार देखे जाने की कोशिश में पूछा :

"कल्याणी! मैं भी एक बात पूछना चाह रहा हूँ।"

चौंकने का हलका-सा आभास अवश्य दिया परन्तु सन्तुलित होते हुए लगभग रस लेते हुए कहा :

'पूछो। परन्तु जवाब नहीं दूँगी, भाषा बोलूँगी।.... स्वीकार है?" और वह खिलखिला पड़ी।

"तुमने किसी दिन अपने पति को कुछ बताने की गलती की है क्या?"

उसने मेरी आँखों में झाँकने की चेष्टा की कि आखिर इस पूछने के पीछे मेरी असली मंशा क्या है? वह स्त्रियोचित ढंग पर ही आश्वस्त होते हुए बोली :

"मैंने कहा था न कि जवाब नहीं, भाषा। तो तुम समझ लो कि स्त्री कभी कहती नहीं है बल्कि कहने का आभास देती है। पुरुष इस आभास की आँच को ही सहन नहीं कर पाता तब भला स्त्री किससे कहे और क्या कहें? लेकिन..." कहते-कहते वह एक क्षण को कहीं खो गयी।

"लेकिन क्या?"

लगभग नि:श्वास लेते हुए वह बोली :

"स्त्री कहने की भाषा का संकट क्यों मोल ले? पहले ही उसके पास अपने क्या कम संकट हैं?...हाँ सुनो, मेरे कान में वह आर्त्तता जाने क्यों दुहरा-तिहरा रही हैं—आबार ऐशो! क्या......"

और वह जैसे अपने को छुपाने की चेष्टा करते हुए अपने पर्स से लौंग निकालकर भ्रम उत्पन्न करने लगी।

"मैं समझा नहीं।"

दाँतों में लौंग दबा होने पर भी मुझे लगभग तराशते हुए बोली :

"और समझदारी किसे कहते हैं?"

उसके इस वाक्य में ही नहीं बल्कि सम्पूर्ण व्यक्तित्व में अनुभवसम्पन्नता लिखी हुई थी। वह सच ही जैसे मेरी रेखा छोटी न करके अपनी बड़ी रेखा खींच ले गयी। लगा कि गाड़ी हठात् ही चल पड़ी। वस्तुत: ऐसा हुआ नहीं होगा। बातों में न सीटी सुनायी दी और न हरी झण्डी दिखी। उसकी खींची हुई बड़ी रेखा ट्रेन के साथ दूर तक खिंचती ही चली गयी।

रास्ते-भर सोचता रहा कि यह भी तो मानुषी प्रतिमा का विसर्जन ही था। तब जिस वाक्य की उसे प्रतीक्षा रही होगी वह मैं क्यों नहीं कह पाया? चाहता तो शायद मैं भी रहा हूँगा। तो कहा क्यों नहीं?

•

देवदर्शनी

एकदम खड़े पहाड़ आकाश-खिंचे लग रहे थे। आकाश की नीलिमा में घँसे उनके त्रिकोणी शिखर पथरीले बाणाग्रों की भाँति खुभे पड़ रहे थे। एकान्त ऊँचाइयों का मौन भी कितना हाहाकारवाला होता है, इसकी कल्पना मैदान से सम्भव ही नहीं। चारों ओर पहाड़ों ने न केवल मार्ग ही रोक रखा था, बल्कि आकाश तक छेके हुए थे। चीनी पौराणिक कथाओं तथा अलिफलैला की अविश्वसनीय कहानियों के जिन्नों को जैसे किसी ने जादू करके पहाड़ बनाकर यहाँ ला खड़ा किया था। दाहिनी ओर का पहाड़ तो एकदम आबनूस का लगता था, जैसे एकमात्र उसी की नीग्रो-देह हो। लालित्य में भी कैसी पैनी धार होती है, यह किसी पर्वतीय नदी को देखकर ही समझ में आता है। पहाड़ के लिए करवत, नदी ही हो सकती है।

सम्भवत: यह अन्तिम चढ़ाई थी। वन-कान्तार का प्रश्न ही नहीं था। इस ऊँचाई पर वनस्पति भी यदा-कदा ही रह गयी थी। बस, लगातार ऊपर की ओर चढ़ने के लिए घूम-घूमकर बढ़ रही थी। कहीं-कहीं नदी, कहीं-कहीं घाटी और कहीं-कहीं परिदृश्य घिर उठते थे, परन्तु प्रत्येक बार घूमकर लौटने पर उनमें दूरी के स्थान पर गहराई का आयाम उभर आता। बस, अब स्पष्टत: दूरी तय करने के लिए नहीं, बल्कि घाटी की गहराई से उन्मुक्त होने के लिए कैसे बच्चों-सी व्याकुल थी। इस ऊँचाई पर वर्षा

बहुत कम होती है, अतः पहाड़ मिट्टी के थे। जैसे-जैसे हम ऊपर पहुँचने लगे, न केवल आकाश-स्पर्श का-सा सुख लगने लगा था, बल्कि हवा और धूप भी जैसे प्रतीक्षा कर रहे थे।

जिस समय जोशीमठ से चले थे, तो उत्तर की ओर की पर्वतमाला की ओर, जहाँ कि कुछ पीछे छूट गये बादल गेंद-से उछल रहे थे, संकेत करते हुए किसी ने बताया था कि सामने की सन्धि से ही जाना है। सन्धि को देखकर यही लगता था कि अधिक-से-अधिक दो-चार मील जाने पर ही अलकनन्दा की यह खोह समाप्त हो गयी होगी और वहीं कहीं गन्ध-मादन (फ्लावर-वैली) तथा बदरीनाथ होंगे। परन्तु पहाड़ों में यह भ्रम न केवल आरम्भ से ही होता है, बल्कि निरन्तर बना रहता है। प्रत्येक पहाड़ जब दूसरे पहाड़ तक आकर समाप्त होता है, तो आपके सामने सर्वथा एक नयी द्रोणी और बिल्लौरी जल की एक पार्वती खड़ी मिलती है। पर्वत यदि ऐसा छल न करें, तो कौन यहाँ तक आयेगा? कहीं-कहीं झरनों की रेशमी रस्सियाँ, सफेद फीतों-सी, हलकी आवाज में हवा में झूलती हुई नन्हें इन्द्रधनुष बना रही होती हैं। निर्जन द्रोणियों में झरनों का यह चपल आलाप कितना पौराणिक लगता है, जैसे हमारे चारों ओर उपत्यकाएँ फैली हों। बस अब इतने ऊपर आ गयी थी कि बायीं ओर की गहराई में से अलकनन्दा का वह शोर भी नहीं सुनायी पड़ रहा था, जो कि रास्ते-भर एकमात्र सहयात्री बना रहा। अब उसकी गूँज नीचे घाटी में भरी हुई थी। हम लगभग ग्यारह से बारह हजार फीट की ऊँचाई पर आ चुके थे। नीचे से जो शिखर सिर पर ऊपर आ रहे थे, वे या तो थोड़े खिसक गये थे अथवा अपनी सम्भ्रान्तता लिये कुछ-कुछ दूर छिटक गये थे। खुले में पहुँचते ही लगा कि मानवीय व्यक्तित्व कैसे ही दबाव को बहुत देर तक सहन नहीं कर सकता, चाहे वह किसी भी प्रकार का हो। हम एक मैदान के मुहाने पर थे। ऊँचाई और गहराई को एक साथ भोगते या झेलते मन को जब अविश्वसनीय समतलता, विशेषकर इतनी ऊँचाई पर दिखलायी दी, तो लगा कि कोलम्बस को जब पहली बार भूमि दिखलायी दी होगी, तब कैसा लगा होगा।

एक बड़ा-सा पीला सूचनापट्ट मैदान के मुहाने पर जैसे स्वागत करता खड़ा था, जिस पर अनेक भाषाओं में 'देवदर्शनी' लिखा था। वहीं से

बदरीनाथ के सर्वप्रथम दर्शन होते हैं। लगभग दो मील के आयतन का मैदान होगा, जिसके उत्तरी और दक्षिणी सिरों पर नर, नारायण पर्वत खड़े थे। उत्तर की ओर के पर्वत सघन हिममण्डित थे। इस मैदान में उत्तरी पर्वत के पदतल में कटाव बनाती उद्दाम अलकनन्दा बह रही थी और यही बदरीनाथ था।

जब कोई व्यक्ति, स्थान, सभ्यता तथा देश अपनी जातीय विशिष्टता, नैसर्गिकता अथवा अस्मिता—भले ही वह कितनी ही अनाधुनिक क्यों न हो—खो देते हैं, और जब प्रचलित सामान्य समकालीनता ग्रहण कर लेते हैं, तब ऐसा नहीं लगता है कि यह फूल तो है, पर इसमें वह सुगन्ध नहीं है, जिसके लिए आप इतनी दुर्गम यात्राएँ करके आये थे? आकार-प्रकार फूल नहीं होता, सुगन्ध फूल होती है। इसी प्रकार तीर्थ, मन्त्र भी पौराणिक अस्मिता के फूल होते हैं, यह अधिकांश लोग नहीं जानते। बदरीनाथ को भी देखकर लगा कि इसकी प्राचीनता की धातुई खनक नाममात्र को ही रह गयी है। यह ठीक है कि प्रकृति स्थानों को तराशती है और मनुष्य, मनुष्य को बदलता है, परन्तु यहाँ तो वह दृष्टि ही समाप्तप्राय होती लगी, जो पर्वत को तीर्थ बनाती है। धीरे-धीरे 'हिल-स्टेशन' हो जायेगा, ऐसा लगा। पौराणिकता ने भले ही पूरी तरह दम न तोड़ा हो; पर वृद्ध अवश्य हो गयी थी।

कुलियों, भिखारियों और पण्डों ने बस को घेर लिया था। भिखारी बच्चों के लाल-लाल गाल देखकर यही लगा कि प्रकृति कहीं से अनुदार नहीं रही है, हाँ, मनुष्य ने मनुष्य को तार-तार वस्त्रों में कर रखा था। मैंने कितना चाहा कि पण्डों से पिण्ड छूटे, पर मेरा यह भ्रम था कि मैं उनसे अधिक चतुर हूँगा। हम जैसे पचासों नकचढ़ों से प्रतिदिन इन पण्डों का साबका पड़ता है। हारकर जब मैंने अपने स्थान का पता बताया, तो वे सब बड़े निराश हुए, क्योंकि उनमें से कोई भी मेरे क्षेत्र का नहीं था और बिना किसी मोह के उन्होंने मुझे वैसे ही त्याग दिया, जैसे कि आत्मा शरीर को त्याग देती है।

"बाबू साहब, आपका पण्डा तो सदाशिव जोशी है।"

सदाशिव? कौन सदाशिव? मेरी किसी भी सदाशिव में रुचि नहीं थी, अतः जब मैंने अपने को पण्डाहीन स्थिति में पाया, तो एक प्रकार की स्वतन्त्रता, एक प्रकार की ऐसी तुष्टि का अनुभव हुआ कि मेरे लिये अब

कहीं कोई बाधा नहीं है। ऋषिकेश से एक आधुनिक धर्मशाला का पता लेता आया था, जो कि कई अर्थों में होटल ही थी। सारे यात्रावासों और मन्दिर के बीच में अलकनन्दा है, जिस पर एक पुल है। पुल के नीचे से वह जिस अदम्य गति और प्रचण्ड नाद के साथ प्रवाहित थी, उसके कारण दूसरी सारी आवाजें व्यर्थ थीं। पुल के ठीक सामने ऊँचाई पर बाजार, मार्ग तथा मन्दिर था, जो कि राजस्थानी हवेली शैली का था। पुल के दाहिने हाथ एक गोल गुम्बदवाले मण्डप में से खूब भाप निकल रही थी, जहाँ कि लोग-बाग नहा रहे थे। यह 'तप्त-कुण्ड' था। प्रकृति में प्रायः इस प्रकार के सन्तुलन मिल जाते हैं। क्या प्रकृति मिथुनलग्ना है?

दर्शन के पूर्व मैं भी स्नान कर लेना चाहता था। जमुनोत्तरी में स्नान के लिए जो तप्त-कुण्ड है, उससे इसका जल कहीं अधिक गरम था। इतनी ऊँचाई पर यदि ऐसे तप्त-कुण्ड न हों, तो महीनों नहाने का अवसर ही नहीं आये। अलकनन्दा का जल बहुत अधिक ठण्डा तो था ही, परन्तु उसमे वेग इतना प्रचण्ड था कि उसमें स्नान क्या, स्पर्श भी सम्भव नहीं। अभी मैं कुण्ड से निकला देह पोंछ ही रहा था कि एक पण्डा माथे पर रक्त बिन्दी लगाये मेरे पास आकर खड़ा हो गया। मेरे स्थान के बारे में बताते हुए बोला :

"आप ही वहाँ के रहनेवाले हैं न?"

मुझे फिर उलझन होने लगी कि क्या मैं फिर किसी पण्डे द्वारा आक्रमणित होनेवाला हूँ? इस विचार मात्र ने मुझे आक्रामक की मनःस्थिति में ला खड़ा किया।

"जी हाँ, कहिये!"

"जी, मैं ही आपका पण्डा हूँ।"

"होंगे, तो मैं क्या करूँ?"

"मैं आपको कुछ करने के लिए कहाँ कह रहा हूँ!"

गुस्सा तो मुझे आया कि कह दूँ—बच्चू, तुम्हारी हिम्मत या हैसियत है भी ऐसा कहने की?

"मुझे पंचानन जोशी कहते हैं।"

"ठीक है।"

"आप आज्ञा करें।"

"किस बात की?"

"पण्डे का काम होता है यजमान की सेवा करना।"

बड़े हजरत हो यार, उल्लू बनाने के लिए 'सेवा' शब्द का प्रयोग करोगे?

"मुझे किसी पण्डे-फण्डे की आवश्यकता नहीं है।"

"आप ठीक कहते हैं। आप-जैसे बड़े आदमियों को हम-जैसे छोटे आदमियों की भला क्या आवश्यकता हो सकती है?"

मुझे भय लगा कि कहीं यह मुझे पञ्चतन्त्र के सिंह और चूहेवाला उपाख्यान तो नहीं सुनायेगा? लेकिन वह जिस विनम्र भाव से खड़ा था, वही मुझे आपत्तिजनक लग रहा था, क्योंकि तब मैं उसे दुत्कार नहीं सकता था। मुझे आशा थी कि वह अवश्य ही कोई छोटी बात कहेगा और मैं तब डाँट-डपटकर उसे भगा सकूँगा। कपड़े बदलते हुए मैं अपना पैंतरा बदलने की सोच रहा था कि तभी मुझे याद आया कि बस-स्टैण्ड पर तो मुझे पण्डे का नाम शायद सदाशिव बताया गया था और अभी इसने कुछ दूसरा ही नाम बताया है। तो क्या श्रीमान् इसीलिए इतनी विनम्रता ओढ़े हुए हैं?

"क्या नाम बताया आपने अपना?"

"पंचानन जोशी।.......आपको शायद पण्डों ने सदाशिव जोशी का नाम बताया होगा, वह मेरे बड़े भाई हैं। वह जोशीमठ गये हुए हैं।"

मैंने और अधिक उलझना बेकार समझा और सोचा कि 'संकल्प' आदि करवाकर इससे छुट्टी ली जाये।

"आप संकल्प करा देंगे?"

"जैसी आपकी इच्छा।"

आकाश में धूप को घेरते बादल फिरने लगे थे। चारों ओर विभिन्न भाषाओं का कोलाहल था। तौलियों, नीले कपड़ों में लोग पत्थरों पर, तख्तों पर बैठे हुए थे, खड़े थे। कुछ अन्धी धर्मश्रद्धा, कुछ असम्पृक्त तथा कुछ आधुनिक भूषावाले आसक्त भाव से नहा रहे थे, नहाते हुओं को देख रहे

थे। कुण्ड के पास ही जो जीना था, वह बाजार-मार्ग में खुलता था। संकल्प के बाद मैं यथाशीघ्र मन्दिर जाना चाहता था।

पहाड़ों के बाजार, सड़कें-जैसी होती हैं, वैसा ही यहाँ भी था। अन्तर केवल यही था कि तीर्थयात्रियों के अतिरिक्त पुलिस, राजकर्मचारी तथा राजनीतिक लोगों की भी भीड़ थी। मन्दिर के सामने खूब झण्डियाँ सजी थीं। पूछने पर ज्ञात हुआ कि प्रदेश के अर्थमन्त्री आ रहे हैं। मैं मन्दिर की सीढ़ियाँ चढ़ने को ही था कि पंचानन बोला :

"क्या चढ़ाने के लिए आप भोग नहीं ले जायेंगे?"

मन तो हुआ कि कह दूँ, तुमसे मतलब? मेरे और भगवान् के बीच टाँग अड़ानेवाले तुम कौन? मैं जान रहा था कि इसने ठीक ही टोका, पर मैं उसकी यह पण्डागीरी सहन नहीं कर पा रहा था।

"देखिये, मुझे क्या करना है और क्या नहीं करना है, इसे मैं खूब समझता हूँ।"

"मैंने यह तो नहीं कहा कि आप नहीं समझते हैं। भोग ले जाने की बात आप ही नहीं, कोई भी पूछ सकता है। यद्यपि धर्म और उसकी भावना के साथ भोग या प्रसाद का यथार्थतः कोई सम्बन्ध नहीं।"

मैं उसे आपादमस्तक देख जाना चाहता हूँ जो कि बराबर मेरे जलते तवे पर जल छिड़कने पर कृतसंकल्पित लग रहा था। मुझे उसने ऐसी विषमतापूर्ण भद्रता की स्थिति में डाल दिया था कि लगभग विवश था। वह भी कुछ आक्रमण करता, तो मेरे लिये और अधिक आक्रामक हो सकने की सुविधा हो सकती थी, परन्तु वह तो—

"भोग कहाँ मिल सकेगा?"

मुझे लगा कि वह मुझे निर्भर होने की स्थिति में डाल देना चाहता है। उसके गले की रुद्राक्ष-माला तथा मस्तक की रक्त बिन्दी उसे निश्चित ही तान्त्रिक सिद्ध कर रही हो, परन्तु उसके सम्पूर्ण आचार-व्यवहार में वैष्णवी सौम्यता थी। एकाध गरम कपड़े के अतिरिक्त वह साधारण धोती-कुरता ही पहने था।

वह मुझे एक बड़ी दुकान के सामने ले जाते हुए बोला :

"यहाँ मेवे और दाल का ही भगवान् का भोग लगता है। वहाँ एक नहीं, पचासों दुकानों पर आप भोग खरीद सकते हैं। भाव में तो उन्नीस-बीस का ही अन्तर मिलेगा, परन्तु माल में यह अन्तर कहीं ज्यादा होगा।"

"कहाँ से खरीदना ठीक होगा?"

मैं उसके इस अनासक्त व्यक्तित्व से काफी उलझन अनुभव कर रहा था।

"इसका निर्णय तो आप करेंगे। आपको मैं यहाँ की सबसे बड़ी दुकान पर ही ले चल रहा हूँ। हाँ, एक निवेदन कर दूँ, यजमानों की कृपा से मेरी भी एक छोटी-सी दुकान है। आप सब माल देख लें। तब जिस दुकान का आपको पसन्द होगा, मैं ला दूँगा।"

उसकी इस स्पष्ट तथा अनासक्त उक्ति ने मुझे पूर्ण रूप से निरस्त्र कर दिया। फिर भी मैं उन लोगों में से नहीं हूँ, जो सहज ही अस्त्र त्याग कर देते हैं। सब चमकनेवाली चीज स्वर्ण नहीं होती, मैं इस वाक्य को भोगनेवालों में से हूँ। विनम्रता मुखोश भी हो सकती है। आज के युग में भला ऐसी चारित्रिक विशेषता और वह भी किसी पण्डे में, स्वीकारने में कठिनाई होती। मैंने सोचा कि इसकी दुकान पर भी देख लिया जाये। भला इसके यहाँ की चीजें अच्छी हो ही कैसे सकती थीं?

"न हो तो आप अपने यहाँ से ही भोग ले आयें।"

"विश्वास, व्यवहार के बाद ही करना चाहिए।"

लगा कि जैसे वह मेरे मन को पढ़ रहा है। क्या इसे पता है कि मैं इसे लेकर संकल्प-विकल्प में हूँ। क्या यह कोई अतिरिक्त चालाकी नहीं बरत रहा है? या यह इसका संस्कार है? क्या यह संस्कार की दृष्टि से सचमुच ही अनासक्त है? छोटे-मोटे तान्त्रिक इस प्रकार की साधारण-सी सिद्धियाँ लोगों को आकृष्ट करने के लिए अपने पास रखते हैं। उसके इस पक्ष को सोचकर मुझे काफी मानसिक उलझन होने लगी। सच तो यह है कि मुझे अन्तर में कहीं भय लगने लगा। मैं क्या किसी दुरभि में तो नहीं फँसता जा रहा हूँ! फिर भी मैं प्रतिवाद करना चाहता रहा, परन्तु—और हुआ वही, जो शायद वह चाहता रहा होगा, अर्थात् मैं नहीं चाहता रहा हूँगा।

उसकी दुकान निश्चय ही छोटी थी, परन्तु लगता था कि सामग्री का एक-एक दाना मोतियों की भाँति बीन-चुनकर रखा था। वह जिस भाँति तौल रहा था, उससे यही लगा कि न वस्तु, न व्यक्ति, किसी में खोट का प्रश्न ही नहीं है। मुझे अपने पर ग्लानि हुई कि मैं कितना अविवेकपूर्ण ढंग से व्यावहारिक बुद्धि का हो गया हूँ कि सामनेवाले पर केवल शंका करना मेरा स्वभाव ही नहीं बल्कि व्यक्तित्व बन गया है। पंचानन के मुख एवं व्यक्तित्व, किसी पर भी मान-सम्मान का कोई भाव नहीं था। वह निर्विकार था, वैसे ही जैसे कि वृक्ष होते हैं। उसके लिए न मैं, न मेरा विश्वास, किसी की कोई सत्ता नहीं थी। अब स्थिति शायद बदलने जा रही थी। वह एक सधे हुए अश्वारोही की भाँति मेरी आरम्भिक उछल-कूद को सह ले गया था और अब न केवल मेरी बल्गा बल्कि दिशा भी उसके हाथों में होने जा रही थी। मुझे न जाने क्यों जैसे एक षड्यन्त्र की गन्ध आ रही थी। मैं पूरे स्वत्व के साथ इस स्थिति का सामना करने को तैयार था।

मैंने भोग का वह थाल उसके हाथों से लेना चाहा, तो उसने मुझे थोड़ा-सा देखा और किंचित् विषाद-सा अपने में अनुभव किया।

"आपको शायद पण्डे-पुजारियों का कटु अनुभव है। शायद आप सही ही हों।"

जबकि मेरा कोई खास अनुभव क्या, साधारण-सा भी नहीं कह सकते। घाट पर या संगम में संकल्प आदि के लिए जब कभी किसी से सामना हुआ होगा, तो क्या अनुभव है? और यदि यह अनुभव है, तो ऐसी झिकझिक सभी क्षेत्रों में है, तब?

"हाँ, पण्डे ऐसा ही करते हैं। जिस किसी क्षेत्र में सेवा और कर्त्तव्य जब पेशे का रूप ले लेते हैं, तब वहाँ ऐसा ही होता है।"

मुझे लगा, वह शायद कुछ असाधारण बोल गया है। उसकी गौर त्वचा, जो दाड़िम की-सी चमक रही थी, वह शायद स्वास्थ्य से अधिक चरित्र की थी। उसकी आँखों में चित्रों की-सी करुणा थी, जिसके कारण यह यथार्थ नहीं लग रहा था।

उसके कारण दर्शन करने में सुविधा एवं सुख दोनों ही हुए। मैंने विशिष्ट पूजा चढ़ाना चाहा, जिसके लिए मन्दिर के ट्रस्ट की जारी व्यावहारिकता

उसने पूरी की। लौटने पर जब मैं जूते पहन रहा था, तो वह बोला :

"क्या आप मेरी एक बात का विश्वास करेंगे?"

मैं अभी तय नहीं कर पाया था कि उसे कितना दिया जाये। उसकी इस बात पर कुछ भी पूछने की भाषा के स्थान पर मात्र देखना ही मेरे पास शेष था।

"मैं आपसे किसी बात की भी अपेक्षा नहीं करता, क्योंकि आप-जैसों के पूर्वजों ने हमें इतनी दक्षिणा अवश्य दी है कि हम आज यहाँ तक आ सके। आप निश्चिन्त मन से धर्मशाला में विश्राम करें। यदि आप आशा करेंगे, तो मैं 'व्यास-गुफा', 'वसुधारा' आदि ले चलूँगा। आप कल यदि 'ब्रह्म-कपाली' पर पिण्डदान करवाना चाहेंगे, तो उसका भी प्रबन्ध हो जायेगा। आप मेरे कारण संकोच न कीजियेगा। मेरा कर्त्तव्य तो यह था कि आपके आवास आदि का प्रबन्ध करता..."

"नहीं-नहीं पंचाननजी, मुझे धर्मशाला में कोई कष्ट नहीं है।"

"प्रश्न आपके कष्ट का नहीं, मेरे कर्त्तव्य का है।"

लगता है, उसने मुझे सम्पूर्ण रूप से पराजित कर दिया था।

हम सब आइसबर्ग होते हैं, परन्तु किसी दूसरे को क्या पड़ी, जो वह हमारे जल में उतरे और आइसबर्गत्व को उजागर करे, और क्यों? 'वसुधारा' के रास्ते में उसने जो कुछ भी टूटे-फूटे ढंग से बताया, क्या वह कम था? इतना भोगने के बाद टूटे-फूटे ढंग से ही तो कहा जा सकता है। भोगनेवाला कभी निष्णात वर्णन नहीं कर सकता।

सदाशिव उसकी पहली माँ से था। दस-बारह वर्ष पूर्व बदरीनाथ में भयंकर हिमपात हुआ था। वैसे प्रतिवर्ष छह-आठ फीट तक बर्फ जम जाती है। सब नीचे चले जाते हैं। जोशीमठ ही उन दिनों स्थानापन्न बदरीनाथ हो जाता है। पर उस वर्ष तो बारह से अठारह फीट तक बर्फ पड़ गयी थी। केवल मन्दिर का शिखर ही मुश्किल से दिखलायी देता था। हिमपात के बारे में सभी को सूचना रहती है, पर उस वर्ष हठात् तेज हिमाँधियाँ चली थीं और लोग भागे-भागे, तब तक पहाड़ों से ग्लेशियर टूट-टूट पड़ने लगे। देखते-देखते पूरी-की-पूरी बस्ती हिम में समा गयी। पिताजी दूसरे दिन चलनेवाले थे। हम सब जोशीमठ में उनकी प्रतीक्षा कर रहे थे। जब

हिमाँधियों का तेज प्रकोप तथा हिमपात का भयंकर अनुभव हमें जोशीमठ में अनुभव होने लगा, तब लगा कि बदरीनाथ में पता नहीं क्या स्थिति है। तीन दिन, तीन रात बराबर हिमपात होता रहा और हमें लगा कि पिताजी अवश्य ही हिम में फँसकर रह गये हैं। पाँचवें दिन भी जब पिताजी नहीं आये, तब लोगों के लाख मना करने पर भी भेड़-बकरियोंवाले छोटे रास्ते से बदरीनाथ पहुँचा। हिम की अगाध, अबाध सत्ता को अनेक प्रकार से भोगा है, परन्तु उस दिन नर-नारायण पर्वतों के बीच हिम की जो विकरालता देखी, वह मुझे शेष जीवन के लिए निस्संग कर गयी। उसके बाद भाई सदाशिव ने न केवल हम लोगों को अलग ही किया, बल्कि सारे यजमानों के बहीखाते अपने पास रख लिये। मेरे पास अब केवल संकल्प आदि कराने की पुरोहिती वृत्ति के अलावा कुछ नहीं बचा। यहाँ बदरीनाथ में भी जो मकान आदि थे, उन सब पर भाई ने कब्जा कर लिया। लोगों के बीच-बचाव करने पर दो कमरोंवाला एक हिस्सा किसी तरह मिल सका। कई वर्षों बाद आप पहले यजमान हैं, क्योंकि पोथी-पन्ने के बल पर भाई ही सबको ले लेते हैं। विवाह नहीं किया। केवल वृद्धा माता की सेवा करना, भरण-पोषण के लिए छोटी-सी दुकान और भगवान् का सान्निध्य। इसके अतिरिक्त क्या?

पंचानन नहीं माना और सर्वथा अस्वीकार कर देना मैंने भी उचित नहीं समझा, क्योंकि तब वह उसे अपनी अवमानना मानता, अतः उसके वहाँ भोजन स्वीकारना पड़ा। मन्दिर के पश्चिम ओर जो बाजार है, उसी पर आगे चलकर थोड़ी चढ़ाई पर उसका आवास था। आवास क्या, अहाता था। तीन ओर कमरों की पड़साल थी तथा बीच में एक दुमंजिला घर था। इसी में एक ओर कोने में पंचानन के हिस्से के दो कमरे थे, जिन्हें उसने किसी तरह घेरकर अलग बनाये रखने की चेष्टा की थी। अहाते के सारे कमरे बन्द पड़े थे। जिस कमरे में मुझे बैठाया गया था, वह कुछ बड़ा-सा था, जिसमें धोतियों के पार्टीशन के द्वारा पंचानन ने अपना पूजाघर बना रखा था। शायद आज के लिए विशेष प्रबन्ध किया गया था। वह इससे स्पष्ट था कि घर की सारी चीजें एक कोने में ढाँक दी गयी थीं। एक अत्यन्त जीर्ण-शीर्ण गलीचा तथा वैसा ही वृद्ध एक गावतकिया मेरे सम्मान में सजाये गये थे। जिस प्रकार और जैसा अतिरिक्त आयोजन किया गया था, उससे मुझे

असुविधा ही हो रही थी, यद्यपि वह प्रसन्न दिख रहा था।

वह एक पंखा लेकर पास में बैठ गया, ताकि मक्खियाँ भगा सके।

"यह सब आपने क्यों किया?"

"क्या?"

उसकी इस निर्दोष, सरल जिज्ञासा का कोई उत्तर हो सकता था? कुछ भी आग चर्चा करता, तो वह उसका अपमान ही होता और किसी को भी किसी का अपमान करने का क्या अधिकार है?

"नहीं, मेरा मतलब तो सिर्फ इतना था कि..."

"मैं समझता हूँ, आप क्या कहना चाहते थे...विषमता है, लेकिन सर्वथा अकिंचन भी नहीं हूँ।"

मैं भला उसे अकिंचन कहनेवाला कौन होता हूँ? और क्या यह आवश्यक है कि अपने अतिरिक्त दूसरे को अकिंचन माना जाये?

वह शायद परिस्थिति को स्वस्थ बनाने के लिए ही बोला :

"आप कब तक हैं यहाँ?"

"क्यों? क्या आप घबरा गये?"

मैं हँस पड़ा। मेरे हँसने पर वह किंचित् सकुचा उठा, जो कि स्वाभाविक था।

"मैंने इसीलिए पूछा था, क्योंकि इस वर्ष जैसा मौसम है, उसमें पट जल्द ही बन्द हो जायेंगे।"

"कब तक?"

"शायद तीन दिन में ही।"

"अभी तो एक सप्ताह ...."

"देखते नहीं, प्रतिदिन की वर्षा के बाद सर्दी कितनी बढ़ जाती है और दिन-दिन भर धुन्ध होने लगी है? हिमपात के लक्षण हैं ये तो। और वर्ष तो नवम्बर में होता है ऐसा। हाँ, माँ को रुद्रप्रयाग में मामा के घर छोड़ने जाना होगा।"

"उसके बाद?"

"वापस लौट सकता हूँ।"

"यहाँ?"

"हो सकता है। क्यों?"

"हिमपात के दिनों में क्या करेंगे यहाँ?"

"यह कहना तो कठिन है कि क्या किया जायेगा...क्या नितान्त प्रकृति के साथ होना अपने में सम्पूर्ण नहीं है?"

मैं उसके मुख की ओर देखने लगा। क्या कोई पर्वत-शिखर पंचानन से अधिक अनासक्त होता होगा?

"क्या माँ आपत्ति नहीं करेगी, परन्तु किसी माँ को पथ भी प्रशस्त करना ही होता है।"

बाहर की धुन्ध कब कमरे में भी आ गयी थी, इसका ध्यान ही नहीं रहा। जैसे ये बादल घरों में घुस आये हैं, क्या हिमपात में हिम भी इसी प्रकार घरों में घुसकर पदार्थ और चेतना तक पर हावी हो जाता होगा? क्यों नहीं हो जाता होगा। भय न भी सही, तो भी भय की आसन्नता मुझे जकड़े हुए थी।

आज दिनभर खूब वर्षा हुई, फलस्वरूप ठण्ड बहुत अधिक बढ़ गयी, साथ ही तेज हवा भी थी। मैं स्वयं ही नहीं समझ पा रहा था कि आखिरकार मैं यहाँ क्यों रुका हुआ हूँ। धुन्ध और कुहरे के कारण जब दस फीट पर कुछ नहीं दिखलायी देता था, तब भला पर्वत-शिखर क्या दिखलायी देते? सारे यात्री जा चुके थे। मुझे आशा थी कि धर्मशाला के प्रबन्धक दो-चार दिन बाद ही जायेंगे, परन्तु मुझे उन्होंने रात ही सूचित कर दिया था कि कल धर्मशाला बन्द कर दी जायेगी। अनिर्णीत मन:स्थिति में मैं था। अन्यत्र प्रबन्ध के लिए निकलना पड़ा। हवा और वर्षा के कारण अधिकांश बत्तियाँ बुझी पड़ी थीं। टार्च की रोशनी भी धुन्ध में फैल-फैल जाती थी। मौसम जब अपनी आदिमवृत्ति में होता है; तब कितना क्रूर होता है, निर्मम होता है, वह

मैं अपने चारों ओर अनुभव कर रहा था। बादल कितने सघन घिरे थे, यह बिजली के कौंधने पर ही पता चलता था। मैदानों में तो बिजलियाँ केवल चमकती हैं, परन्तु यहाँ तो बिजलियाँ छूटती हैं। लपलपाते वज्र-जैसे पहाड़ों से चलकर द्रोणियों, उपत्यकाओं, घाटियों में धूमकेतु की भाँति क्षणान्त में टूट-टूट पड़ते थे, जिनकी कड़क में पहाड़ घोड़ों-से हिनहिनाने लगते थे। अलकनन्दा के उस वीरान पुल पर अपने को अकेला देखकर लगा कि यदि यह पुल इस समय टूट जाये, तो? और भय के मारे रोंगटे खड़े हो गये। तप्त-कुण्ड में इस समय खूब भाप उठ रही थी। अलकनन्दा के ओर की रेलिंग थामकर मैं खड़ा हो गया। घोर सन्नाटे में अलकनन्दा का प्रचण्ड नाद ध्वनित तथा प्रतिध्वनित हो रहा था। सच तो यह है कि मैं इस समय अपने कमरे में होने के लिए व्याकुल-जैसा था, परन्तु दुर्दान्त प्रकृति जैसे मुझे पाशित किये हुए थी।

तभी मुझे पीछे की ओर से 'नारायण' 'नारायण' की ध्वनि सुनायी दी। भय

से चौंकना चाहिए था, परन्तु एक अन्य अनुष्य की उपस्थिति ने कहीं आश्वस्त

भी किया? कौन हो सकता है? अवश्य ही कोई साधु-संन्यासी होगा। भय पर

विजय ही साधुता है। तभी इतनी तेज बिजली चमकी और कड़की कि

लगा, मानो प्रलय आ गयी। इस महालोक में व्यक्ति इतना स्पष्ट दिखा, मानो वह धूप में खड़ा हो। उसके मुख पर कहीं भय नहीं था। वह पंचानन था। पास आकर बोला :

"इत्ती रात में यहाँ क्या कर रहे हैं?"

पंचानन के सामने मैं अपने को किसी भी रूप में दयनीय होते नहीं देख सकता था।

"क्यों? धर्मशाला में बैठे रहने के लिए थोड़े ही आया हूँ।"

वह थोड़ा हँसा। आकाश में थोड़ी देर देखकर बोला :

"अब प्रकृति फाल्गुन में आयेगी, अब तो रुद्र की लीला का युग आ

गया।''

मुझे उसकी इस प्रकार की चर्चा से किंचित् भय लगने लगा। मैंने बातों को तोड़ने के लिए कहा :

''आप यहाँ क्या करने आये?''

उसने मेरी बात का कोई उचित उत्तर नहीं दिया। उसके लिए शायद मेरी उपस्थिति का भी कोई अर्थ नहीं था।

''प्रभु को जब एकान्तवास करना होता है, तब ऐसी रुद्र-लीला करनी होती है, नहीं तो लोग पिण्ड ही नहीं छोड़ें—हमें यह दो, हमें वह दो।''

और वह खिलखिलाकर हँस पड़ा। मुझे लगा कि पंचानन कहीं-न-कहीं अवश्य ही तान्त्रिक भी है।

''मैं तो आपको बताने आया था कि कल के बाद आवागमन लगभग बन्द होने जा रहा है। कल प्रातःकाल आपको लौट जाना चाहिए।''

मैंने चुटकी लेते हुए कहा :

''यह आप मौसम देखकर कह रहे हैं, या आपके प्रभु का ऐसा आदेश है?''

इस बार बिजली अत्यन्त सौम्य भाव से चमकी थी। उस आलोक में मैंने देखा कि उसके मुख पर एक वर्ष के बालक की-सी निर्दोषता थी।

''सृष्टि को जानना ही प्रभु को जानना है। फिलहाल तो यह मौसम का ही आप आदेश मानें। मुझे भय है कि गत दो-तीन दिनों की भयानक वर्षा में कहीं कोई पहाड़ न गिर गया हो, नहीं तो आप फँस जायेंगे।''

''मैं इस बार यहाँ हिमपात देखना चाहता हूँ।''

वह फिर खुलकर हँस दिया, जैसे किसी बच्चे ने कोई मनोरंजक बात कह दी हो। कहीं खीझ मुझे भी हुई कि मैंने भी हिमपात तक रुकने की बात केवल बात की ही दृष्टि से कही थी। मेरी कोई ऐसी इच्छा भी नहीं थी। सच तो यह है कि अब मुझे और भी भय लगने लगा था कि यदि रास्ते में कोई पहाड़ गिर गया होगा, तो कितना कष्ट उठाना पड़ेगा।

मैं फिर बोला :

''तो, कल आप भी चल रहे हैं?''

"माँ का प्रबन्ध तो मैंने काली कमलीवालों के साथ कर दिया था, आज वह चली भी गयीं।"

लगता है, बोलना दोनों का शेष हो चुका था।

आज सवेरे से ही मूसलाधार वर्षा हो रही थी। यात्री के नाम पर मैं अकेला ही कहला सकता था, क्योंकि जो दो-चार सवारियाँ और थीं। वे शायद पर्वतीय ही थे। पंचानन मेरा टिकट ले आया था। धुन्ध और वर्षा में कुछ भी दिखायी नहीं पड़ रहा था।

"पंचाननजी, कभी नीचे आयें, तो बताइयेगा।"

"देखिये"

इस उक्ति में निराशा नहीं, वरन् असम्पृक्तता थी। बस अभी चलने को थी, तभी मैंने पूछा :

"क्या आप भी मानते हैं कि ऐसे किसी हिमपात में यह बदरीनाथ विलुप्त हो जायेगा।"

"हो सकता है।"

"क्या इसीलिए लोगों ने 'भविष्य-बदरी' की सम्भावना कर रखी है?"

'लीला की क्या व्याख्या की जाये।"

और बस चल पड़ी। धुन्ध और वर्षा में टाट की गुमठी ओढ़े भीम-से पंचानन का मुख अभिषिक्त होते पर्वतशिखर-सा लगा। —देवदर्शनोंवाला सूचनापट्ट भी तो क्षणान्त के लिए वर्षा-स्नात दिखा और उतार आ गया। ऐसे ही उतरते-उतरते मैं उन सबको ऊपर आकाश में सौंप आया।

•

आमी जे जलसाघरे

कुम्भ का अन्तिम नहान हो चुका था। उतरते माघ और लगते फाल्गुन का जाड़ा बड़ा भारतीय-सा लगता है। कैसी पारिवारिक सुखदता होती है न? फाल्गुन के आते ही वनस्पतियाँ, नदियाँ, दूर देश को जाती सड़कें तथा गाँवों को घेरे कुछ पगडण्डियाँ सब कैसी अपनी-सी लगने लगती हैं। आकाश में उड़ते हुए, पोखरों के किनारे, खेतों में चुगते बैठे बड़े-छोटे पाखी बन्धु-बान्धव हो जाते हैं। मनुष्य और प्रकृति में सगोत्रता आ जाती है। इन दिनों का आकाश भी मृगचर्म की भाँति कोमल-चिकना-सजीव हो उठता है। धूप में नारी-देह की ऊष्णता आने लगती है। लगता है न कि सुख अब गहा जा सकता है। अन्तिम नहान के बाद एक प्रकार से शेष यात्री भी अपनी अनाम संज्ञाओं के साथ अपनी देशजताओं में लौट जाते हैं। चेष्टा करने पर भी मेला घूमने तक नहीं जा सका था। पता नहीं, जो बहुत अच्छा लगता है वही सहज नहीं रह जाता। प्राय: होता है न कि लहराते धान के बीच हवा को मुँह पर अनुभव करते खड़े रहना कितना अच्छा लगता है, पर यह सहज उपलब्ध कहाँ है? जो सहज है उसकी चर्चा करते भी तब अच्छा नहीं लगता है।

जब बन्धु-बान्धव के साथ मेला-क्षेत्र पहुँचा तो लगा कि मैं किसी अविश्वसनीय युग में पहुँच गया हूँ। जब अच्छे लगने से अधिक की स्थिति होती है तो उसे युगातिक्रमण कहना उपयुक्त नहीं है? धर्म ने सदा मुझे न केवल आमन्त्रित ही वरन् मोहित भी किया है, पर मैं धार्मिक नहीं बन सका। धर्म और काव्य तो मुझे अपने स्वत्व के पर्यायवाची लगते हैं परन्तु धार्मिकता,

राजनीति अपने व्यक्तित्व के प्रति आक्रमण लगते हैं। उदात्त से कम कुछ भी स्वीकारने में बस एक संकोच है। लगता है कि मैं गंगा-घाटी में हूँ जिसे गंगा-वेग ने ऐसे ही स्वरूपा है, अन्य स्वरूपनेवाला कौन होता है? बाँध पर पहुँचकर जैसे पैरों के लिए ऊँचाई आ चुकी थी, परन्तु वहाँ खड़े होकर अजीब प्रतीत होने लगा। अभिषेकित किये जाने का भाव घिर उठा। खुले आकाश में खड़े हो जाने पर लगता है कि अन्तरात्मा तक की कलुषता धुल उठी है? कहीं कोई बाधा नहीं होती। हम कैसे अनायास सन्तरित होने लगते हैं। बाँध पर खड़ा मैं कालपुरुष की अजस्रता से युक्त हो उठा था। देह से निकलकर क्षितिज छू आने की कभी यात्रा की है? देह तक वह द्वीप बन जाती है जहाँ समुद्रपाखी विभिन्न यात्राएँ कर केवल विकास करने के लिए ही लौटता है। वैसे भी कैसी ही स्थूल ऊँचाई पर ही आप क्यों न खड़े हों, एक अव्यक्त तटस्थता स्वत: प्राप्त हो जाती है। यह हमें विशिष्ट नहीं वरन् विनम्र करती है। बाँध पर खड़े होकर जब भी गंगा के प्रशस्त पौराणिक प्रवाह को अथवा जलहीन गंगादेह को देखा है तो सदा सच्चता के साथ सुगन्ध का भी अनुभव हुआ है। माटी जब भी ऊर्ध्व होती है, सुगन्ध देती है। इससे इतर कोई पवित्रता नहीं होती। हमारे व्यक्तित्व में भी जब पत्र-पादपत्व आता है तभी यह सुगन्ध पवित्रता आती है।

मेला-क्षेत्र की ठण्डी कृष्णा रात्रि में तथा विराट् श्यामलता में व्यवस्थित बिजली की कतारें प्रकाश-सुख भले ही देती रही हों परन्तु आनन्द पर आघात लग रहा था। ऊपर के तारों और नीचे के बल्बों में जैसे अवतरण का क्रम हो परन्तु ऐसा था नहीं। जो था वह अन्धकार नहीं बल्कि उसकी संज्ञा थी; कृष्णलीन श्यामा थी। मल्लाहों की झोपड़ियों से भीतर की संकोची आँच और बातचीत के जीवन टुकड़े यहाँ-वहाँ छितरे हुए थे। पीपल की विशाल शाखा-प्रशाखाओं पर अन्धकार जैसे सूखने के लिए फैला दिया गया था। गंगा पार तक के विस्तार में एक ऐसी सुँती कसावट के साथ स्वरहीन गमक भी जैसे मृदंग की डूबी थाप हो। क्षितिज पर गहरे भाव से पेड़ों का क्षणिक आभास परिवृत्त में देखा जा सकता था। मेला-क्षेत्र जानेवाला बड़ा-सा मार्ग नीचे की ओर रेंगता हुआ दो भागों में चिर उठा था। मनुष्य अभाव में वस्तुएँ और दृश्य तक अनाथ, निरीह हो उठते हैं। कई बार भ्रम होने लगता कि यात्रियों का कोलाहल उस मार्ग पर चढ़-उतर रहा है।

सुदूर में रेल–पुल के पास जहाँ कल्पवासियों की कुटियाएँ थीं वहाँ से किसी मल्लाह के गाने और कुत्तों की भौंक आ रही थी। कोई चिता, कैसी आँच की बिन्दी लग रही थी। वहीं से कुछ लोगों का बोलना सुनायी पड़ रहा था बल्कि चलकर आता लग रहा था। अधिकांश दुकानों के पण्डाल खाली थे। एकाध आते–जाते व्यक्ति की परछाईं लम्बी–छोटी होती हुई विलीन हो रही थी। यात्रियों के हठात् चले जाने पर बल्बों की समझ में नहीं आ रहा था कि अब किसे प्रकाश दें। प्रकाश था कि व्यर्थ के पानी की तरह चारों ओर बहा पड़ रहा था। पानी निकालने के लिए लगाये गये इंजन की आवाज अँधेरे में कहीं से आ रही थी। निर्जन सड़कों, पथों और वीथियों के गीलेपन तथा पुआलवाले गँदलेपन पर से जीप चली जा रही थी जैसे मेला खोज रही हो। वातावरण में कोई हवा नहीं थी क्योंकि यज्ञशालाओं, आश्रमों पर फहरनेवाली पताकाएँ भी अन्धकार को प्रकाशित नहीं कर रही थीं। चारों ओर की बालू पर असंख्य पदचिह्न अज्ञात, अनबाँची धर्मलिपियों की भाँति बिखरे हुए थे। थोड़े दिनों बाद लू और अन्धड़ में इस धर्म–इतिहास के अधिकांश आलेख मिट जायेंगे और शेष को गंगा, एक दिन उफनाती आकर अपने में लीन कर लेगी। गंगा ऐसे कोटि–कोटि धर्म–इतिहासों का प्रवाह होती है। अनाम जनपदों से आकर प्रतिवर्ष इस इतिहास के प्रणेताओं के कभी किसी ने सहज जानने तक की चेष्टा की है? धर्म का यह इतिहास केवल पृथ्वी के पृष्ठों पर ही लिखा जाता है परन्तु संज्ञाहीन बनकर ही। हवाएँ इन आलेखों को उड़ाकर कहाँ और क्यों ले जाती हैं, इसकी जिज्ञासा भी व्यर्थ है। धर्म, जिज्ञासा का नहीं, आस्था का उत्तर देता है।

ऐसा क्यों होता है कि सम्पूर्ण निर्जनता और एकान्त में जो अन्तर हुआ करता है उसे हमारा मन बूझ ले जाता है जबकि वैसे देखने पर कोई अन्तर नहीं दिखलायी पड़ता। मेला भले ही समाप्त हो गया था किन्तु अभी भी यहाँ कुछ लोग हैं जो अलाव तापते या कोई पद गाते बैठे होंगे, यह अज्ञात प्रतीति ही कैसा निर्मम बनाती है न? लोग हैं, यह भाव ही उत्सव लगता है। मुझमें इस प्रकार की औत्सविकता थी, परन्तु साथवाले व्यक्तियों को अवश्य ही इस प्रकार से मेला घूमना व्यर्थ लग रहा होगा।

मैं नहीं जानता कि मेले के लाउडस्पीकरों पर पहले से ही किसी वाद्य के मन्द–मन्द बजाये जाने का आभास था या नहीं, परन्तु सहसा ही उस

ओर ध्यान गया था। संगीत के सम्बोधन से साक्षात् वैसा ही है जैसे नारी-देह से साक्षात्। ऐसा साक्षात् विशेष आयोजन-अनुष्ठान एकान्त में ही सम्भव है। प्रत्येक लालित्य, लयात्मकता, कोलाहल में नहीं, एकान्त में ही संलाप करती है। परन्तु प्राय: हम सार्वजनिकता और कोलाहलप्रिय ही होते हैं इसीलिए अधिकांश श्रेष्ठताओं से वंचित रहते। मुझे लगा कि मैं गंगा और संगीत दोनों के एकान्त को भोग रहा हूँ। वातावरण में अब तक जो एक प्रकार का दबाव लग रहा था उसमें वादन की सुगन्ध भी थी। सहसा सुनने पर यही लगा कि यह सितार है, जो कि निष्णात बजायी जा रही थी। सितार का निष्णात वादन इस आश्वस्ति के कारण भी सितार-गन्धर्व रविशंकर अपनी सुदर्शनता में मूर्त हो उठे। भाषा, स्वर और व्यंजन होती है पर संगीत केवल स्वर, इसीलिए उसका आनन्द इन्द्रियातीत तथा अनभिव्यक्त होता है। रविशंकर को पूर्वी बहुत प्रिय है, पर इस समय तो यह विहाग का आलाप था। कुम्भ, गंगा तट, फाल्गुन रात्रि, विहाग वादन........तब जलसाघर और क्या होता है! भाषाहीन संगीत का अर्थ कस्तूरी की गन्ध की भाँति मुझे मृग किये दे रहा था। यदि इस परिपार्श्व में ऐसा निष्णात वादन न होता तो वह विराट् का कितना बड़ा अपमान होता। विराट् के सम्बोधन के लिए नाद ही है, भाषा नहीं। सृष्टि के विभिन्न अनुभवों की अपनी-अपनी नाद-भाषा है और मनुष्य यह ऋजुता संगीत से ही प्राप्त कर सकता है।

संगम पर जब हम पहुँचे तब भी विहाग, आलाप ही ले रहा था। कुछ उलझन हुई कि क्या यहाँ के आयोजक एक ही रेकार्ड बराबर बजाये जा रहे हैं? सामान्यत: ऐसी परिष्कृत रुचि कहाँ होती है? मैं आभारी हुआ। अनेक आर संगम विविध कारणों, प्रसंगों से गया है, परन्तु सघन कृष्णा रात्रि में तथा आलापते विहाग के साथ कब आना हुआ है? संगम में बने मंचों के बीच से प्रवाह का कलकल स्वर आ रहा था। जल अपनी नाद-भाषा में निरन्तर कुछ बोलता है जिसे हम मात्र कल-कल कहकर छुट्टी पा लेते हैं। हिमालय में जो रौद्रकण्ठ है वह यहाँ तक आते-आते करुणासिक्त मन्द बाँशीरव-सा हो गया था। इसका कारण गंगा का मैदान में आ जाना मानना, एक सत्य के साक्षात् से वंचित रह जाना होगा। गंगा काशी जा रही है—यह विचार ही मुझे झंकृत किये दे रहा था। काशी मेरे लिये वही नहीं है जो किसी अन्य के लिए है, हो ही नहीं सकती। प्रतिदिन मेरे अन्तर में कोई

संकीर्त्तन होता है। अहल्याघाट है। कोई गौड़ीय साधु, रामप्रसाद के 'माँ! गान जदि तोर शोनार एतोई इच्छे, तो ओमुखे की शूनवी? छेलेर दिके एक बार चेये देख' पद गाते हुए रास भाव में तन्मय हो उठता है और मैं इस भाव के हिम कण्ठों को अपने व्यक्तित्व के दूर्वादल पर नाना रंगों में उद्भासित होते देखता हूँ। मैं आरण्यकता की इस सुगन्ध से आकण्ठ सुवासित हो जाता हूँ। वर्षों बाद गंगा-तट पर इस वैष्णवता से साक्षात् हुआ है। इस वादन के प्रति केवल नमित होने के मेरे पास और क्या है?.......परन्तु.......ऐसी गम्भीर गमक तो सितार में नहीं होती है।......नहीं, नहीं होती। हो ही नहीं सकती। सितार विलास से ऊपर उठकर तन्मयता तक तो पहुँच सकती है पर यह गमक तो चिन्मयरूपा है.....तब? यह निश्चय ही वीणा है लेकिन ऐसा निष्णात वीणावादक कौन हो सकता है? अदाउद्दीन खान, अकबर अली....ये तो सरोदवादक हैं और वादन भी दाक्षिणात्य शैली का नहीं है....तब कौन है यह?

जिस तम्बू के सामने प्रशस्त भाव से बैठे हुए लोग कुछ खा-पी रहे थे उसमें बैठना कठिन हो रहा था। निश्चय ही इन लोगों के लिए अनुष्ठान की अपूर्वता का कोई अर्थ नहीं था। ठीक भी है, सबका व्यक्तित्व पीपल-पत्री हो ही नहीं सकता। परन्तु यह वादक कौन है? अजीब बेचैनी थी। बिना वादक को जाने तो सदा के लिए अपूर्णता सालेगी। यह सारा प्राकृतिक एवं सांगीतिक अनुष्ठान मुझे अधिकाधिक अकेला किये दे रहा था। वादन था कि मुझे मथे जा रहा था। अरणियों के मन्थन से अग्नि उत्पन्न होती है और नारी-देह के मन्थन से प्रजा, परन्तु मुझे अपने भीतर असन्तोष अनुभव हो रहा था। स्वर और नाद की अपार गन्ध में बैठ पाना असम्भव हो गया था। आलाप समाप्त हो चुका था। तबले का ठेका सुनायी देने लगा था। यह तो अच्छा हुआ कि चूँकि वहाँ कुछ भी नहीं था अत; लोग चलने को उठ खड़े हुए। लौटने में भी प्रत्येक खम्भे से वादन नीचे उतरकर हम तक आता और फिर स्मृति-सा पीछे छूट जाता। जब भी स्मृति-सा पीछे कुछ छूटता है उस क्षण हम विवश युधिष्ठिर ही तो होते हैं। यह कैसा हमारा मन है कि हम प्रत्येक बात का कार्य-कारण जब तक नहीं जान लेते तब तक कैसी अपरिभाषित विकलता या अव्यक्त असुरक्षा अनुभव करते हैं? मनुष्य, निरपेक्ष, न सुख, न आनन्द भोग ही नहीं सकता। हाँ, जान लेने के बाद भले ही परिरम्भण

के बादवाली श्लथता अथवा वितृष्णा ही क्यों न हो, पर लगता है कि हम अपनी देह में, देह के साथ हैं।

हम लौट रहे थे। लौटते समय लगता है न कि हम बड़ी जल्द लौट आये? मेरी देह, मेरा मन बराबर यह अनुभव कर रहा था कि इतना सुख अँट नहीं पायेगा। जैसे देह में अवांछित नहीं टिक पाता वैसे ही मन में अतिरेक नहीं समा पाता है।.....तभी एक विशाल पण्डाल में तेज रोशनी दिखलायी दी जिसके बाहर दो-चार लोग खड़े हुए थे। जिज्ञासा अवश्य हुई कि इस कुवेला में, इतनी रात गये यहाँ क्या हो रहा है? निश्चय ही कोई प्रवचन हो रहा होगा। डर लगा कि यदि किसी ने प्रवचन सुनने का आग्रह किया तो अपने भीतर जो नाद का झाड़फानूस लक-दक कर रहा है, वह सदा के लिए टूटकर बिखर जायेगा। मैं इस समय किसी भी, कैसी भी भाषा को अपने और इस संगीत के बीच सहन नहीं कर सकता। लगा कि सारी भाषाएँ मेरे लिये अब व्यर्थ हैं। मैं बिना भाषा के भी रह सकता हूँ, पर अपने भीतर जो अमूल्यता मैं इस समय अनुभव कर रहा हूँ उसे किसी भी मूल्य पर नष्ट नहीं होने दे सकता। जीप जब तेजी से पण्डाल के सामने से गुजरी तो झलक से लगा कि मंच पर कोई संन्यासी बैठा हुआ है। जीप के न रुकने पर बड़ा सन्तोष हुआ......पर वह संन्यासी .....शायद प्रवचन करता तो नहीं लग रहा था.....वह शायद कोई वाद्य.......निश्चय ही उसके हाथों में कोई वाद्य ही था.....नहीं, वीणा! क्या यही वह वीणा बजा रहा है?

पण्डाल में सच ही वीणा-वादन हो रहा था। भीतर जाने को मन नहीं हुआ। पण्डाल में भीड़ होगी ही और यहाँ बाहर बड़ा ही सुखद खुलापन था, साथ ही अपने चारों ओर लोगों की उपस्थिति की असुविधा भी नहीं होगी। लोग इस प्रकार के अनुष्ठानों में भी केवल अपने को ही प्रस्तुत करते रहने की चेष्टा में आपके लिए असुविधा होते हैं। जबकि इस प्रकार के आयोजनों में ही कुछ देर के लिए ही हम स्वत: से विसर्जित हुए रहते हैं अन्यथा जीवनभर हम अपने को तो लिये रहते ही हैं। इसके लिए क्या किया जा सकता है? जीप के पास ही खड़े-खड़े वादन सुनते रहे। परन्तु हमारा मन भी क्या है कि प्रिय को, चाहे वह व्यक्ति हो या वस्तु, पहले तो जानना चाहता है। जान लेने के उपरान्त नैकट्य चाहता है और उसके बाद उस पर

एकनिष्ठ अधिकार चाहने लगता है। तभी किसी ने कहा कि पण्डाल तो खाली जैसा ही है, क्यों न भीतर चलकर ही सुना जाये? सच ही, पण्डाल तो खाली जैसा ही था। प्रसन्नता से अधिक झटका लगा कि इतने अप्रतिम अनुष्ठान में लोग कैसे नहीं हैं? पर वास्तविकता थी कि उस विशाल, सुसज्जित पण्डाल में यहाँ-वहाँ आठ-दस व्यक्ति छितरे बैठे थे। सामने के सोफों पर कोई नहीं था। कार्यक्रम के बीच में इस प्रकार से जाना उचित भी नहीं लग रहा था परन्तु अपमान से अधिक अपराध भाव अपने में लग रहा था। एक निष्णात वादन—जिसका कोई साक्षी नहीं—तब अपराध क्या होता है? जो थे, उन्हें अपात्र कहने का मुझे क्या अधिकार है परन्तु लगा कि ये संयोग से ही यहाँ हैं। बल्कि अपराध और अधिक उभर आया था। ठीक ही तो है, यह कोई महफिल या मजलिस तो थी नहीं—जलसाघरे था, जिसका प्रवेश-द्वार दिशाओं तक उन्मुक्त था। वादक भी तो कोई अनाम संन्यासी ही था। नाम, सांसारिकता का होता। वादक को किसी प्रकार के अपमान की प्रतीति नहीं थी, यह वादन की तन्मयता से स्पष्ट था और मेरे लिये यह अत्यन्त सन्तोषजनक था। वह संन्यासी उदासी सम्प्रदाय का तो नहीं हो होगा परन्तु वह हम सबके प्रति उदासीन अवश्य था। आद्यन्त काषाय में तथा विवेकानन्द की भाँति साफा लपेटे वह व्यक्ति से अधिक प्रतिमा लग रहा था। उसके मुख की केश-राशि उसे सर्वथा विशिष्ट किये हुए थी परन्तु उसमें कहीं ऐसी अभेद्य साधारणता भी थी जिसे परिभाषित ही नहीं बल्कि दिखलाया भी जा सकता था। तबलिया अपेक्षाकृत नवयुवक था पर लग रहा था कि वह भी संन्यास की ओर ही अग्रसर था। वह मंच, वह वादन और वे वादक इतने अधिक यथार्थ थे कि उन्हें केवल अविश्वसनीय ही कहा जा सकता था। जैसे किसी प्राचीन भित्ति-फलक से यह मृण्मूर्ति (टेराकोटा) अलग से गिर पड़ा हो। युग और रचना में कोई साम्य, सम्बन्ध, कुछ भी स्थापित नहीं हो पा रहा था। इस सीमा तक अपरिचित रह जाने का संकल्प व्यक्ति को अग्नि ही बना सकता है। सारी वेशभूषाएँ ऐसी देह पर भस्म हो जायेंगी—केवल काषाय! संकल्प का वेश केवल काषाय ही हो सकता है।

वादन चल रहा था। निश्चय ही वादक देश-काल के प्रति, पात्रता-अपात्रता के प्रति, मान्यता-अमान्यता के प्रति असम्पृक्त ही नहीं, उदासीन भी

था। उसके और वादन के बीच न कोई व्यक्ति, न कोई स्थिति, कुछ भी नहीं था। बिना ऐसा असम्पृक्त या उदासीन हुए कोई इतने अयाचित ढंग से, ऐसी सांसारिक निर्मम उपेक्षा के सम्मुख भी अपने स्वत्व की अपार करुणा को वैभव और आनन्द के रूप में नहीं बाँट सकता है। व्यक्ति जब प्रकृतिवत् हो जाता है तभी ऐसी असम्पृक्तता सम्भव है। राग का वैभव तभी बाँटा जा सकता है जब अन्तर में वैराग्य हो। द्रुत आरम्भने के समय संन्यासी ने अपने उन्मीलित नेत्र आधे खोले और पीछे की ओर तिर्यक् देखा, लगा कि उनमें आग्नेयता है। अपने में लीन नेत्र जब किसी ओर देखने लगते हैं तब उनमें तेजस्विता आ जाती है जिसका सामना धर्मराज युधिष्ठिर तक नहीं कर सकते थे। इसीलिए तो गान्धारी ने जब युद्धक्षेत्र में वर्षों बाद नेत्र-पटल खोले तो पार्थसारथी ने युधिष्ठिर को बलात् हटा लिया था। हटते-हटते भी अँगुलियों के नाखून सामने पड़ गये थे और वे जल उठे थे। वादक के नेत्रों की आग्नेयता तिर्यक् थी जिसकी लपक-भर दिखलायी दी थी।

काल न वर्तमान होता है, न अतीत। वह तो अक्षर है। व्यक्तित्व जितना संस्पर्शी होगा, वर्तमान और अतीत का प्रक्षेपण-प्रतिप्रक्षेपण उतना ही अधिक होगा। उस व्यक्तित्व के लिए अतीत क्या, वर्तमान भी नहीं होता। कुम्भ मेला, वह फाल्गुन गन्ध रात्रि न जाने कहाँ पीछे छूट गये। केवल वह वादन, देश-काल की दूरियों से परे मेरे साथ सन्तरित था। मेरे सामने माण्डवगढ़ मूर्त हो उठा। बाजबहादुर के रंग की दीवारों और मेहराबों में मशालों का आलोक चिलचिला रहा था। शमापात्रों की मोमबत्तियाँ आधी रात बीत जाने का संकेत कर रही थीं। विन्ध्या की इतनी ऊँचाइयों पर मालवी फाल्गुनी वायरा कदलियों को हिलाता हुआ अपनी सत्ता घोषित कर रहा था। 'जहाजमहल' के सामने के पुष्कर में स्वर्ण कमलों को नींद आने लगी थी परन्तु न बाजबहादुर, न रूपमती किसी को परितृप्ति नहीं हो रही थी। रूपमती के कण्ठ से निःसृत भूप-कल्याण महलों, कँगूरों से निकलकर उस रात्रि-आकाश में एक विरही विलासी पाखी-सा दिगन्त भूला हो रहा था.....और मैं तब धीरे से इतिहास के पन्नों के पलटे जाने की आवाज तक सुनता हूँ। हमारे भीतर इतिहास ही नहीं, पुराणों तक के पलटे जाने की आवाज होती है परन्तु हम उसे अनसुना करते हैं।....आगरे के किले का साम्राज्यी वर्चस्व मेरे सामने पूर्ण हो उठता है। अकबर के सफल व्यक्तित्व की चकाचौंध और

दीपक तथा तोड़ी गाते हुए तानसेन अजीब मायावी गन्धर्वों की भाँति दिखते हैं और विलीन होते हैं। इतिहास की यह यात्रा मुझमें अहरोत्र घटित होती है। यह कैसी पिपासा है जो नदियों, खेतों, मन्दिरों, महलों में जयी और पराजित, विलासी और संन्यासी, भोगरता और विरहिणी, सुखी और दुःखी सबके कण्ठों से अनादि काल से गायी जाती रही है, वाद्यों में पुकार-पुकार पड़ती है पर....पर कोई उत्तर नहीं मिलता। इतिहास, पुराण, गाथा, शतपथ, अनाम साधारणता सबमें यह अदम्य प्यास आक्षण घटित होती है। तृप्ति-परितृप्ति इस पिपासा से मुक्ति के लिए लांछिता गोपिकाएँ विह्वला बनी यमुना-पुलिनों, करील-कुञ्जों में हुमसती भागी जा रही हैं। राजरानी मीराँ घाट-घाट बाट-बाट गाती फिर रही है। न जाने कितने आसव-सम्पन्न रमणी-मुख कँगूरेदार गवाक्षों पर शून्य विलोकते विलीन हो रहे हैं। बंगीय भूमि की मन्द जल-वाणी को पन्नालाल घोष की दैवीयबाँशी, आरोह-अवरोह में गाती है, पर जल है कि उद्दाम असम्पृक्तता में, न बाउल-संकीर्त्तन में, न माँझियों की भटियाली में, न सचिनदेव बर्मन की षड़जता में बँधना जानता है। आलाप से द्रुत, मींड़ से गमक, मुकरी से थाप लेते हुए कुमार गन्धर्व और बेगम अख्तर, कबीर की असंगता और गजलों की विलासिता गाते ही चले जाते हैं पर लगता है कि वृद्ध विन्ध्या के अन्तर में जो जल अदृश्य हो गया है, गोमती में जो लयात्मकता कभी-कभी विलीन हो जाती है उसे कुमार गन्धर्व और बेगम अख्तर बारम्बार आवाज देते हैं। ठाकुर ओंकारनाथ विद्यापति के पदों की भाँति, बीजों की भाँति धरती पर लोट-पोट जाते हैं....पर इस पिपासा-यात्रा का कहीं अन्त नहीं होता। विलास मुरझा जाता है, शृंगार बासी हो जाता है, कीर्त्तन कण्ठों में ही विलीन हो जाता है और तब केवल गायक तथा वादक में से एक अनासक्त संन्यासी जन्म लेता दिखायी देता है.....क्यों? उसकी दृष्टि में तब तुम या वनस्पति, दिवा या रात्रि, सान्निध्य या अपरिचय किसी का कोई अर्थ नहीं। जब तक तुम्हारी संज्ञा होगी, पिपासाजयी नहीं हो सकते। तुम एक हो या अनेक, मरुथल या हरीतिमा का ऐसे अनाहूत प्रकृतिवत् संन्यासी व्यक्तित्व के लिए कोई प्रयोजन नहीं।.....मैं नहीं कह सकता कि मैं वादक को देख रहा था या उसके टेराकोटा को। किस काल का, युग का वह टेराकोटा था, मैं नहीं जानता। टेराकोटा की कोई लिपि नहीं होती और यदि कोई लिपि होती भी तो मेरे लिये वह व्यर्थ

ही होती। मेरा उस संन्यासी से भाषाहीन अबाध परिचय हो चुका था। वीणा थी, सिद्ध वादक था, वादन की अप्रतिमता निःसन्देह थी और था फाल्गुन रात्रि का वह जलसाघर, पर सब-कुछ अपनी निर्मम यथार्थता में वैसा अविश्वसनीय था।

जीप भागती चली जा रही थी। जब हम बाँध पर चढ़ रहे थे तब भी वह वादन स्पष्ट था, यद्यपि अब उसकी परिसमाप्ति होने ही जा रही थी। मैं ऐसे वादन की परिसमाप्ति का साक्षात् नहीं कर सकता था। समाप्ति वैसे भी साक्षात् करने के लिए होती भी नहीं। मैं उस विहाग, उस वादन और उस संन्यासी वादक को गंगा-क्षेत्र के उस जलसाघर में छोड़ आया था परन्तु मेरे साथ उसका टेराकोटा सदा के लिए चला आया। मुझमें निश्चय ही अपराध भाव था कि मैं बहुत बड़ा अपमान करके आ रहा हूँ। मैं इस अग्नितपे टेराकोटा को सम्भव है, जीवन-भर वहन कर सकूँ पर उस वादन के बाद उस वादक का यदि साक्षात् करना पड़ता तो—तो कौन पार्थसारथी मुझे बचाता?

●●●